Andreas Mand, 1959 in Duisburg geboren,
lebt als freier Schriftsteller in Berlin.

ANDREAS MAND

DAS ROTE SCHIFF

ROMAN

MAROVERLAG

Für die Arbeit an diesem Buch erhielt der Autor ein Stipendium des Deutschen Literaturfond e.V.

Die Deutsche Bibliothek – CIP-Einheitsaufnahme

Mand, Andreas:
Das rote Schiff : Roman / Andreas Mand. – Orig.-Ausg. –
Augsburg : Maro-Verl., 1994
ISBN 3-87512-225-9

Originalausgabe

1. Auflage September 1994

Umschlag: Rotraut Susanne Berner
Gesamtherstellung: MaroDruck, Augsburg

Christoph ist munter
er fragt was ich habe
ich sage ach nichts
aber etwas ist schade
ich denke nach und esse schokolade

– die falschen Freunde

NICHT MEHR MEIN FREUND

Während die anderen ihre ersten Zeitverträge bekamen, oder wenigstens solche Worte wie Fachvermittlungsdienst lernten, verdiente Sebastian schon dreimal soviel wie seine Eltern. Und man sah es ihm an. Er trug Anzüge, die nicht vom Trödler stammten, und bunte Socken, die zu seinen Hemden paßten. Seine Pullover waren gekauft, und viel schöner als die von verbitterten, kurzhaarigen Frauen mühsam handgestrickten. Er fuhr jedes halbe Jahr einen größeren Wagen, und bald kannte er halb Europa von seinen Dienstreisen und Betriebsausflügen. Er hatte nicht seine Meinung gewechselt, im Gegenteil, er war immer noch Seminarlinker und lebte davon, die systemkritischen Parolen von einst in die bescheuerten Werbekampagnen von heute zu überführen. Er lebte davon, Teil einer Generation zu sein. Er repräsentierte sie im Geschäft, wie er sie im Allgemeinen Studentenausschuß repräsentiert hatte. Womöglich war das Leben doch wie die Universität, wer die Dozenten angriff, konnte später für sie arbeiten, sofern er das wollte. Sebastian wollte. Er schrieb seine Magisterarbeit über Jugendsprache, das heißt unsere Sprache. Er selbst sprach längst nicht mehr so, ich auch nicht, er sprach anders, und ich wollte nicht so klingen wie Sebastians Werbung.

Wir konnten nicht mehr in dieselben Kneipen gehen. Er nicht in meine, weil er dort als Verräter galt, ich nicht in seine, weil ich sie mir nicht leisten konnte. Weil ich nicht immer eingeladen werden wollte. Ich hielt den Kontakt, ich verlangte nicht, daß jeder meiner Ansicht war, im Gegenteil. Sebastian half mir, als ich ein berühmter Musiker werden wollte, und auch, als es nicht klappte.

Warum habe ich mich schließlich überreden lassen. Aus Not. Weil er die besseren Argumente hatte. Weil es mir schmeichelte, gefragt zu werden. Weil ich sah, daß die Zeit gekommen war für einen lohnenden Verrat.

Eigentlich machte ich dasselbe wie vorher, ich beschäftigte mich mit Dingen, von denen ich keine Ahnung hatte. »Das ist das Konzept«, sagte Sebastian. Er nannte meine Ideen, die nie so recht paßten, ein Potential. Er zeigte mir, was sie wert waren. Wie ich sie durchsetzen konnte. Das ähnelte verblüffend dem, was ich aus den Flugblattgruppen kannte. Der neue Stoff machte mir keine Schwierigkeiten.

Mir fehlte die Ausbildung, mir fehlte die Sprache, und ich brauchte Sebastian, der beides hatte. Er schützte meine Ideen und ließ sie von anderen verwirklichen.

Natürlich veränderte ich mich. Es ist schon ein ziemliches Kunststück, weiter dieser fragmentarischen, staatsfeindlichen Theorie anzuhängen, wenn du plötzlich zu denen gehörst, denen die Verhältnisse passen wie ein leichter, warmer Wintermantel. Ich verdiente zunächst mäßig, aber das war natürlich schon mehr, als ich je gehabt hatte. Ich stieg dann langsam. Ich hätte mich vielleicht nicht so damit identifiziert, wenn ich nicht auch zu kämpfen gehabt hätte.

•

Ich lebte mit Ursi in dieser recht hübschen, wenn auch lauten Wohnung. Wir hatten ein eckiges, schwarzes Ledersofa, aber immer noch keine Waschmaschine. Wir aßen in Restaurants statt in der Mensa, seitdem sie dort die Ausweise kontrollierten. Ich konnte mit dem Kellner reden und kannte mich auch mit der Weinkarte aus.

Mein bunter, ergonomischer Arbeitsstuhl stand vor einer Schreibtischplatte, die bloß eine alte Tür aus dem Haus war. Die Boxen waren neu und teuer, aber der Kassettenrecorder roch immer noch nach Proberaum, und ein CD-Player kam mir nicht ins Haus, schon wegen der bescheuerten, kleinen Formate nicht. In der Tasche meiner neuen, bequemen Lederjacke steckte immer noch das alte schwarze Tuch. Nur das rote Schiff war längst in Berlin.

Wir hatten keinen Wagen. Ich hätte längst einen Firmenwagen kriegen können, aber ich wollte einfach keinen. Manchmal ließ ich mich von Sebastian nachhause fahren. Versunken im weichgepolsterten Beifahrersitz starrte ich durch getönte Scheiben auf die dunkel werdende Stadt. Ich lauschte unverkratzer Musik. Sebastians wohlgesetzten Monologen. Die Stadt war der Film, und Sebastians Stimme der Ton. Ich genoß die weiche Fahrt. Ich sah, daß Leute, die große Autos fahren, wirklich in einer anderen Welt leben. In einer gedämpften Welt leben. Warum sollen sie die Welt ändern wollen, wenn alles was sie spüren, dumpfe Zufriedenheit ist.

Der große Schritt kam, als Sebastian kündigte. Er machte

sein eigenes Geschäft auf, er wollte mich mitnehmen, aber ich traf eine seltene Entscheidung und blieb. Der Inhaber bot mir das doppelte, wenn ich blieb, und ich nahm es, meine Lehrzeit war zuende. Ein halbes Jahr später bekam ich Sebastians Zimmer.

•

Ich war der neue Sebastian. Ich hatte eine Menge von ihm gelernt und nicht nur, Reden zu schwingen in seinem Stil. Einmal sprach ich über Qualität, im Frühling, bei weit aufgerissenen Fenstern. Man hörte die Amseln zwitschern. Man hörte die Blätter rauschen. Ich fühlte mich schwach und hörte mich plötzlich sagen: »Ich kann nicht glücklich sein, wenn ich halbe Sachen mache.«

Der Inhaber lächelte mich an. Er dachte, ich sei geschickt, dabei war ich nur traurig. Er dachte, wir seien uns einig, dabei mochte ich ihn überhaupt nicht.

Ich konnte mich nie an die neuen Leute gewöhnen. Ich versuchte es, aber ich schaffte es einfach nicht. Und das war der größte Unterschied zwischen Sebastian und mir.

•

Ich wachte morgens von den ersten Autos auf. Ich wachte auf und grübelte sofort über meine Misere nach. Über Sigrid, die in Berlin war. Über Jürgen, den ich nie mehr sah. Über die blöden achtziger Jahre, und warum es mir so schwer fiel aufzustehen.

Ich bekam Pickel im Gesicht wie ein Fünfzehnjähriger. Ich hatte Rückenschmerzen, Kopfschmerzen und Dauerschnupfen. Ich war permanent müde. Ich fühlte mich schwach, kalt, leblos und alt.

Ich sprach meine Sätze nicht zuende. Ich war ungeschickt, machte Fehler und lächerliche Umwege. Nachdem ich an einem freien Tag Jürgens altes, schwarzes Fahrrad repariert hatte, fuhr ich gedankenverloren mehre hundert Meter auf der falschen Seite der Straße.

Wir hatten keinen Fernseher, nur eine Plastikattrappe aus dem Möbelgeschäft. Aber ins Kino ging ich noch. Ein-, zweimal die Woche saß ich fast allein in den dunklen, trockenen Kammern. Wo waren meine Leute geblieben, die waren doch nicht alle Eltern geworden?

Ich sprach mit niemandem mehr. Oder manchmal mit der Kassiererin oder dem Filmvorführer. Mit anderen Bekannten, die ich nur noch kannte, weil die Stadt so klein war und alle anderen weggezogen waren. Über den Film oder, ähnlich oberflächlich, über vergangene Zeiten. Gnädig übersehend, daß sie mir dort nie aufgefallen waren. Wir standen zusammen im Foyer während der Werbung. Später in einer Kneipe, der kleinste Tisch reichte, der *Tunnel* war endgültig geschlossen und in den *Garten* ging ich jetzt auch nicht mehr.

Ich sprach mit niemandem mehr. Ich ging schweigend nachhause. Ich versank immer mehr in Schweigen. Manchmal genoß ich meine schweigenden Wege.

Manchmal war ich ganz beherrscht von dem Gefühl, daß alles schon so lange zuende war, daß ich diese Straßen schon hundertemale gegangen war, daß jeder verdammte Balkon mit Erinnerungen belastet war, »hinter diesem Doppelfenster hatte ich meinen ersten Geschlechtsverkehr«, wie Sebastian einmal sagte.

Kino, Kneipe, Konzerte. Frustrierten Musikern auf die Schultern klopfen, peinliche Tröstungen aussprechen, die sie in dem Kneipenlärm zum Glück meistens nicht verstanden. Und dann diese kleine, schwarze Diskothek, wo ich einmal die Woche vielleicht hinging und meine Zeit vertrank. Ich sprach mit niemandem mehr. Ich grüßte durch Handbewegungen auf die Entfernung, wenn überhaupt. Die intensivsten Wortwechsel fanden immer an der Theke statt, und zwar mit der Bedienung.

Ich muß zugeben, daß ich mich dort manchmal, nach leichtem Alkoholzusatz, nach zwei Gläsern ziemlich gleich wovon, ziemlich wohl zu fühlen begann. Und an solchen Abenden, wenn die Musik stimmte, wenn die richtige Mischung gelang aus alt und neu, aus eingängig und schräg (wenn ich also dachte: Das hättest du auch machen können), wenn das Publikum stimmte, wenn alte Bekannte da waren aber auch neue Leute, wenn ich nicht der Älteste war, dann kam es vor, daß ich mit meinem Leben überraschend zufrieden war. Daß ich tanzte oder jedenfalls in den Knien wippte, wenn sie nicht wehtaten, daß ich rauchte, falls ich gerade Raucher war, und daß mir sogar eine wortlose Kommunikation möglich war, auf der Tanzfläche, wo man sich angrinste oder gelegentlich sogar anfaßte, zur Entschuldigung, wenn man dem anderen versehentlich die Zigarette aus den Fingern geschlagen hatte. Die Leute waren so, daß sie die dann liegen ließen.

Aber das waren Ausnahmen, späte Wendepunkte zutiefst einsamer Abende. Meistens ging ich früher.

Ich war mit meinem Beruf nicht zufrieden, ich war mit meinem Leben nicht zufrieden. Und ich haßte die Wochenenden.

•

Und ich war mit Ursi unzufrieden, mit unserem Leben zu zweit, daß sich ergeben hatte, ohne daß wir uns je dafür entschieden hätten, ich wüßte jedenfalls nicht wann.

Vielleicht war es nur so, daß wir nebeneinander versanken, ich in meiner unwichtigen Karriere, sie in ihrer überflüssigen Dissertation. Vielleicht waren wir einfach nur ein vergangenes Liebespaar, zusammengeblieben, weil die Stadt so klein war.

Wir schliefen zusammen, das war lange, und mühevoll, eingeübt. Wir kannten unsere Körper. Ich liebte uns nicht mehr. Ich war verstört, aber Ursi merkte es nicht. Und wenn sie es merkte, überspielte sie es routiniert. Wenn ich nackt neben ihr lag, wenn es soweit war, wenn ich keine Anstalten machte, wenn ich keine Lust mehr hatte und mich verzweifelt fragte warum, griff sie mir zwischen die Beine, griff sie zu, als wenn es ihr gehörte, machte mir Lust, und so war ich, meistens, in der Lage zu tun, was sie wollte oder zu wollen glaubte, ich reckte mich zu dem spitzen gelben Nachttischchen, das auf lächerliche Weise den fehlenden Schiffsbug imitierte. Ich knisterte mit den Plastikfolien und legte mich resigniert auf sie, ich fickte uns das Leben zurück, ausdauernd und, oder weil, im Grunde uninteressiert, während sie unter mir lag, über mir turnte, an unserer Lust arbeitete. Ich tauchte in die Wellen und dachte bei jeder: Irrtum, Irrtum, Irrtum. Es ging mir nicht unbedingt besser danach. Ihr schon.

Sie fühlte sich gut. Sie rauchte aus Genuß, ich aus Verzweiflung. Sie wurde zärtlich und verliebt. Ich war kitzlig und überempfindlich, kämpfte gegen das Verlangen, unhöflich zu sein. Sie stand dann meist bald auf, ging an ihren Schreibtisch zurück, sie hatte »den Kopf frei«, meiner tat weh. Abends kochten wir vegetarisch, wir tranken den besseren Wein, dann gingen wir zurück ins Schlafzimmer, das so schrecklich leer wirkte, seit das rote Schiff in Berlin war. Morgens hatte ich Kopfschmerzen.

Wir redeten nicht darüber. Ich glaubte nicht mehr an Reden, man überzeugte sich nur immer wieder von etwas, daß man nicht mehr wollte. Als wir anfingen zu reden, war es zu spät, und kurz danach zog sie aus.

Natürlich merkte Ursi was, sie war ja nicht blöd. Aber sie schob es auf andere Sachen. Auf meine ungeliebte Arbeit, darüber wußte sie Bescheid (mehr über meine als ich über ihre). Sie dachte, es gäbe einen Bereich, der uns sicher war. Wenn nichts zwischen uns war (mit Ausnahme der regierungsamtlichen Verhütungsmittel). Sie merkte was, aber sie hielt es für unwichtig und nahm es mit einem milden Lächeln hin.

Schwer, das abzugrenzen von späteren Symptomen, der allgemeinen Reizbarkeit, der Phase körperlicher Mißverständnisse. Von der Zeit, als wir uns gegenseitig auf die Füße zu treten begannen, den Weg verstellten, uns ungewollt anrempelten. Schwer abzugrenzen von der Springflut Eifersucht, ihren überlaufenden Selbstzweifeln, die alles veränderten, sogar ihr Äußeres. Wie sie meinen Blicken folgte, wenn wir zusammen ausgingen. Wie sie alle Frauen registrierte, ihre Gesichter prüfte, ihre Beine, ob sie etwa Eindruck auf mich machten. Wie inmitten einer lärmenden Kneipe das Schweigen immer drückender wurde, wie sie es nörgelnd, keifend unterbrach, um wenn schon nicht mich, dann andere darauf aufmerksam zu machen (daß ich ihr nicht mehr gab, was sie vom Leben erwartete).

•

Nach der Politik und nach der Musik hatte sich mein Ehrgeiz auf das vergleichweise ungefährliche Gebiet der Kampfsportarten verschoben. Ich suchte die Anstrengung, die Körperlichkeit, aber natürlich kam ich mit dem Vereinswesen nicht zurecht, antiautoritär geimpft, wie ich nunmal war. Ich weigerte mich, die Verbeugungen zu machen, oder spielte sie ironisch nach. Ich legte die Farbgurte nicht an. Ich konnte mir die japanischen Vokabeln nicht merken.

Es war meine Art fortzusetzen, was unter dem Namen Politik begonnen hatte. Je stärker und sicherer ich wurde, umso schneller entfernte ich mich von meinem vorherigen Leben.

Später wechselte ich zum Fechten, das gefiel mir noch besser, kam vielleicht dem entgegen, was Weko mal (tadelnd) meine »aristokratische Ader« genannt hatte. Die Distanz gefiel mir, daß man den anderen nicht anfassen mußte, nichtmal sah hinter seinem Helm, daß man ihn erst spürte, wenn man besiegt war. Ich hörte auf, weil ich Knieprobleme bekam. Aus demselben Grund kam Laufen nicht in Frage. Im Sommer ging ich fast jeden Tag schwimmen, und zwar in das nahe Freibad.

Ich hatte eine Saisonkarte, aber ich ging nur hin, wenn es leer zu sein versprach, zum Beispiel lieber bei trübem als bei schönem Wetter. Ich schwamm meine 10 oder 20 Bahnen in verschiedenen, nicht besonders perfekten Stilen. Ich tauchte ohne Brille und duschte mit den alten Männern. Ich saß auf der Tribüne bis die Haare trocken waren und beobachtete die Kinder, die frierend am Beckenrand standen. Ich grinste über die großspurigen Halbwüchsigen. Ich sprach mit niemandem mehr. Manchmal grüßte ich einen Bademeister.

Manchmal rettete ich Marienkäfer aus dem Wasser. Dann verstand ich, daß es einfach zuviele davon gab, und hörte auf, sie zu retten. Ich verließ das Becken wegen ihnen. Ich wollte nicht im Wasser sein, während all die Marienkäfer darin ertranken.

Ich fing nach Tschernobyl an, ins Freibad zu gehen, weil das Wasser wenigstens gemessen und die Liegewiesen gemäht wurden. Ich kannte auch keine Leute mehr, die zum See fuhren, oder nicht zu meinen Zeiten.

Das letzte Mal war ich mit Sebastian am See. Wir saßen nackt in der Abendsonne auf einem bleichen Baumstumpf vor einer kalten Feuerstelle. Sebastian erzählte von dem Prozeß, den der Inhaber gegen ihn angestrengt hatte. Welche wichtigen Kunden schon zu ihm gewechselt waren oder das tun würden, wenn die Sperrfrist vorbei war.

Ich dachte, alles was ich verstehe, weiß ich im Grunde von früher. Ich dachte, die Worte stimmen nicht mehr. Wie lange ist es her, daß Peter, der Bassist, mit vorwerfen konnte: »Du bist nur an Ergebnissen interessiert, nicht an Prozessen.« Ich sah ein Mädchen ein Pferd ins Wasser reiten. Ich dachte an Sigrid. Sebastian schwieg, und ich weiß nicht, was er dachte. Als wir uns anzogen, sagte er: »Im Grunde genommen können wir nicht mehr befreundet sein.«

•

Ein kleinstädtisches Hallenbad, nicht alt, nicht neu, von der Art, wie sie die kommunalen Haushalte ruinieren. Das Wasser war unruhig, kein Überlauf vorhanden, zwei Bahnen durch diese weißroten Kugelketten abgeteilt. Feuchte Wärme und Chlorgeruch, eine gemischte Gruppe in Badekleidung und ein

Bademeister, der hustete. Abgesehen von einem schnauzbärtigen Polizisten war ich wohl der älteste dort.

Sabine und ich machten die Übung Abschleppen zusammen. Wir schluckten eine Menge Wasser und waren ziemlich guter Laune. Sie fühlte sich wohl im Wasser, sie lachte viel und rief Worte, die ich größtenteils nicht verstand. Sie machte spöttische Bemerkungen am Beckenrand. Sie setzte sich neben mich auf die Wärmebank. Sie behauptete, wir würden uns von früher kennen. Ich erinnerte mich nicht. Sie beschrieb ziemlich genau unsere peinlichen Politauftritte. Das alberne Mikrophongehabe, die polternden Lederjackenfreunde. Sie hatte mich arrogant gefunden, aber nun war sie froh, daß wir ganz normal reden konnten. Das mit der Musik wußte sie nicht.

Und ich stellte fest, daß ihr Körper mich anzog. Ich mußte einfach ihre Brüste ansehen, schwere, kleine Kugeln, tiefer und runder als Ursis. Sie war oben schmal, unten schwer. Wie soll ich das erklären, sie sah Sigrid nicht ähnlich, aber trotzdem erinnerte sie mich an sie. An das Gefühl, das ich zu ihr gehabt hatte. Und dann war da der tröstliche Gedanke, daß mein Geschmack sich vielleicht geändert hatte.

Das Zeitschwimmen war anstrengend, wir dümpelten noch etwas herum. Kurz vor der Leiter überholte sie mich. Ihre fleckigen Schenkel zitterten vor meinem Gesicht. Ich will sie haben, dachte ich überrascht. Ich drängte hinter ihr heraus, sie drehte sich unsicher um, ihr Handrücken streifte meine Badehose, da wußte sie es auch.

Ursi wußte von nichts, warum sollte sie auch, sollte ich über Gedanken, Gefühle, Phantasien Rechenschaft ablegen? Sollte ich mich rechtfertigen, weil ich endlich einen neuen Menschen kennengelernt hatte? Erzählte ich ihr je meine Träume (umgekehrt ja, aber ich konnte nie viel damit anfangen). Wann haben wir uns Treue geschworen. Es ist wahr, wir haben so gelebt, in den Köpfen waren noch die alten Ansprüche, die hießen Ehrlichkeit und sich nicht verbiegen. Die schwierige Moral der Zwanzigjährigen, aber längst gaben wir Aids keine Chance mehr.

Ich ging sie besuchen. Sie redete Stuß. Ich wußte sofort, ich würde nie mit ihr zusammenleben können. Abschnittweise linksalternativer Grundkonsens. Nacherzählte Filme, und die falschen. Szenebücher, Klatsch, Feminismus. Alternativkuh, dachte ich.

Um zwei Uhr nachts kniete ich neben ihrem Stuhl und streichelte sie. Ich fand es schön, sie auch. Manchmal wehrte sie sich in Aufwallungen: »Wo soll das enden?« Sie lief ins Badezimmer, und wenn sie zurückkam, steckte ihr T-Shirt wieder straff im Gürtel. Ich kam nur bis dahin, wo ihre Haare hart wurden.

Das nächste Mal hatte sie ihre »Menses«. Nervte mit Erzählungen von ihrem Ex-Freund. Wir lagen auf dem Teppich, zwei Meter voneinander entfernt, sie auf dem Rücken, ich auf dem Bauch, man hätte uns nur zusammenstecken müssen.

Ich haßte sie und war froh darüber. Erstmals schwante mir, daß es Ärger mit Ursi geben würde. Mit welcher Umsicht ich die angeknackste Telefonschnur in das leere Schlafzimmer trug.

Sabine konnte Erregung an- und ausknipsen, ganz nach Bedarf. Sie lebte in Trennung, das heißt, es gab einen, den hatte sie in die Wüste geschickt, aber alle 10 Tage, wenn ihr danach war, gönnte sie sich einen Rückfall.

Ich fand das widerlich. Ich kannte ihn sogar, ich mochte ihn nicht, und zwar lange genug um zu wissen, daß es keine Eifersucht war. Ich dachte immer: Was sind das für halbherzige Leute, wie tief bin ich eigentlich gesunken.

Ich lehnte ab, wie sie war, und gerade deshalb wollte ich oder konnte ich mit ihr schlafen.

Ich mußte zwei Präservative übereinander ziehen, das Datum war »kritisch«, sie wollte nichts riskieren. Zwei Präservative in verschiedenfarbigen Folien, aus einer Blechdose in Schmetterlingsform. Ich hatte ein unklares Gefühl von Verrat und konnte mich nicht konzentrieren. Hatte ich nicht mal verkündet, ich wollte bzw. könnte nur mit Frauen schlafen, die notfalls auch als Mutter denkbar wären? War bei den selbstbewußten Frauen, die doch alle schon in Amsterdam gewesen waren, wenigstens als Fahrerinnen, immer gut angekommen. Die Voraussetzungen hatten sich geändert, und auf ein geopfertes Ideal mehr oder weniger kam es nun auch nicht mehr an.

Sabine machte eine ziemlich plumpe Bemerkung, ich hörte auf zu denken und starrte hilfsweise den umhäkelten Papierkorb an. Es war dumm, aber es wirkte. »Hat sich das denn gelohnt?« fragte Sabine ernüchtert. Ich fand, ja.

Es lohnte sich wegen der 20 Minuten hinterher. Wegen dieser Vertrautheit, die nur dadurch entsteht, einer Nähe, die nicht zu simulieren ist. Wegen der unverstellten und plötzlich nicht mehr so blöden Mitteilungen, die anschließend möglich waren. Sie meinte doch nur, mich beeindrucken zu müssen. Ich konnte allerdings nicht lange bleiben. Sabine wußte von Ursi. Sie kannten sich aus der Frauenbewegung.

Ich lag allein in Ursis Bett. Ich fühlte mich jung. Ich dachte trotzig an meinen Vater. Im Halbschlaf sah ich plötzlich Teufelsfratzen. Das kann interpretieren, wer will. Vielleicht spielte auch nur mein Kreislauf verrückt.

Vorwiegend ihr Arsch interessierte mich, und auch sie hielt sich, als wir etwas eingespielter waren, vorwiegend an meinem Arsch fest. »Vom Fechten«, antwortete ich müde.

In Sabines Wohngemeinschaft lag das Badezimmer neben der Küche. Besuch war da, man hörte die Tassen klirren, darum wollte sie erst nicht. Dann ließ sie es kichernd geschehen. Sie faßte die richtige Stelle an, wenn auch wie immer etwas zu fest, und als ich sie entschlossen umdrehte, grunzte sie zufrieden. Sie hielt sich am Beckenrand fest, war erstaunlich gelenkig, endlich bewegte sich ihre Hüfte. Sie ermahnte mich, nicht zu laut zu sein und wurde es selbst. Unsere nassen Körper schlugen aneinander, »Paul, Paul« keuchte sie, das hatte ich noch nie gehört, ich sah uns zu wie in einem Film. Dann wurde ich rausgeschickt, noch ganz warm im geliehenen Bademantel, etwas blutend, während sie noch die Kacheln wischte.

Und plötzlich Sachen, die mich störten. Die Baumwollfluse in ihrer Arschfalte, und das komische Parfüm, oder war es etwa ihre Seife. Ich wußte genau, das war nicht mein Leben. Noch weniger als vorher. Aber Sabine war auch nur ein Mensch, mit eigenen Bedürfnissen, und sie hielt fest, was sie gefunden hatte, meinen Arsch.

Ich betrog Ursi. Anlügen hätte ich sie nicht können, aber schweigen ging wie von selbst. Ich überlegte, was ich noch tun konnte, aber dann wieder wußte ich nicht, was ich dazu sagen sollte. Ich hatte nichts zu sagen. Ich hatte keine Meinung. Ich wußte, daß es falsch war, aber ich tat es trotzdem.

Oder wie ich später sagte, ich war einfach »reingerutscht« (Ohrfeigenwort).

Als ich glücklich Rettungsschwimmer war, zeigte ich Ursi nicht den Schein. So hatte ich weiterhin mindestens diesen einen Abend in der Woche für unverdächtige Treffen. Wollte ich sicher gehen, hielt ich in Sabines Badezimmer nur meinen Schwanz, sondern auch Badehose und Handtuch unter den Wasserhahn.

Ich fühlte mich auch einfach besser seitdem. Etwas lebte wieder in mir. Ich hatte nicht das Gefühl, Ursi etwas wegzunehmen. Im Bett war ich lebhafter, das nahm sie als Kompliment. Ich entwickelte meinen Dreißigjährigen-Fatalismus, der in etwa besagte, daß es keine Frau für alles gäbe, daß man also seine Ansprüche auf mehrere zu verteilen hätte. Und ich wußte wirklich nicht, woher ich das hatte, ich wußte nur, daß es immer so sein würde, und immer so war, seit Sigrid weggezogen war.

•

Wenn ich von Sabine kam, konnte ich das Haus, in dem ich mit Ursi lebte, schon von weitem sehen. Das Eckhaus an der Straßenkreuzung an einem kleinen Park, ich konnte von weitem sehen, ob das Licht an ihrem Schreibtisch brannte. Ob sie da war. Der Weg nachhause an den längsten Abenden des Jahres, die Luft war warm und verbraucht, und in den Ampelpausen hörte man die Mauersegler schreien.

•

Verkleidet in meinem edelsten Sakko, mit der auffälligsten Sonnenbrille, wartete ich im Gedränge. Hinter sperrigen Kinderwagen schlenderte ich an den Ständen im Schatten des Doms vorbei, grüßte übermüdete Bekannte, die hinter ihren

Tapeziertischen saßen und rauchten. Ich blätterte ihre Plattenkisten durch, bekam einen Thermoskannenkaffee angeboten, aus einer gebrauchten Tasse wie früher, feilschte unernst um eine gelbe Melittakanne ohne Deckel, für Ursis Sammlung.

Ich verließ den Flohmarkt, kaufte noch ein schwarzes Hemd in der Stadt, ging nachhause, warf das Hemd auf das flache Bett und stellte die Kanne auf das Regal zu den anderen. Und ich dachte, das mache ich nie wieder. Ich dachte, immer mehr Sachen, die ich nie wieder mache.

Ich saß mit Ursi am Tisch, wir redeten vertraut. Ich sah die Tränenspuren auf ihrem dünnen, schwarzen Pullover. Ich sagte:

»Man hat doch immer nur ein Stufenbewußtsein. Was auf dich wartet, kannst du von hier aus noch gar nicht sehen.«

»Das sagst ausgerechnet du?«

»Wer sonst.«

Sie war deprimiert. Weinte, beruhigte sich bzw. ließ sich beruhigen. Ich sagte nochmal, sie sollte »durchhalten«, und sie wieder: »Das sagst ausgerechnet du?« Sie hatte Schwierigkeiten mit ihrer Arbeit, sie hatte Angst, nie fertigzuwerden, einfach nie ihren Lebensunterhalt verdienen zu können. Ich tröstete sie. Zum Schluß sagte sie trotzig:

»Dann geh ich eben wieder Lederjacken klauen.«

»Verkaufen?«

Sie sah mich durch ihre letzten Tränen an:

»Machst du dich über mich lustig?«

Zum Schluß saß sie seitlich auf meinem Schoß, an mich geschmiegt wie ein schweres Kind. Ich streichelte mechanisch ihren Rücken. Ich dachte an Sabine und ich dachte, paß auf. Sie kuschelte sich enger an mich.

»Wenigstens unsere Sache soll klappen.«

»Ja«, sagte ich beklommen.

•

Dann gingen wir Flugblätter verteilen, sowas taten wir manchmal noch, Handlangerdienste leisten für eine dieser neuen, immer harmloser werdenden »Bewegungen«. Wir gingen von Haus zu Haus und stopften Flugblätter in die Briefkästen. Ich hatte sogar Turnschuhe angezogen, mindestens das war reine Nostalgie. Wir redeten darüber, was wir mit den Briefkästen machen sollten, auf denen »Keine Werbung« stand. Ursi sagte:

»Das ist keine Werbung, das ist Information.«

Ich war nicht so sicher. Während sie sich eine Zigarette drehte, las ich durch, was ich da verteilte. Oder vielmehr, ich versuchte es. Man konnte nur den Kopf schütteln über die vielen Fehler, die unmögliche Sprache, das beschissene Layout. Ursi verstand mich nicht. Ursi war immer noch der Meinung, es käme nur darauf an, recht zu haben.

»Das fängt ja schon mit der Schrift an«, schimpfte ich. Aber natürlich verteilten wir weiter.

»Gehts dir jetzt besser?«

»Ein bißchen.«

Ich stopfte zwei Blätter in Sabines Schlitz.

•

Und dann schienen auf einmal alle 30 zu werden. Wir erhielten Einladungen von Leuten, die wir schon seit Jahren nicht mehr gesehen hatten (und viele Jahre nicht mehr sehen würden). Wir gingen zu Festen von Freunden, deren Gesichter und Namen schon beinahe versunken waren. Wir tranken mit ihnen, weil die Zeit verging. Wir lauschten merkwürdigen Gesprächen über Examen, Referendariate, BAT/ABM, Existenzgründungen und Erbschaften.

Der Geehrte war Bauernsohn, folglich fand sein Fest auf dem elterlichen Hof statt. Es war ein regnerischer Spätsommerabend, deshalb standen der Spieß mit dem toten Schwein und die weiß gedeckten Klapptische unter dem Dach, wo sonst der Traktor stand. Ich bekam sofort Kopfschmerzen von dem laufenden Dieselgenerator, von den Bänken ohne Lehnen vielleicht.

Klassische Musik vom CD-Player, zu meiner Überraschung kannte ich, von den Sonntagnachmittagen meines Vaters, jedes Stück.

Nach jedem Gang neue Getränke, Wein, Liköre, Tequila jede Menge, Wodka *Gorbatschow* mußte es sein, und gegen den Durst immer wieder Bier.

Ursi ekelte sich vor dem Schweinefleisch. Sie hielt den großen Teller, während der Bauersohn an der Schweineleiche säbelte. Was herunterfiel, fraßen die Katzen.

Ich trank, Ursi nicht, sie sollte fahren.

»Das schlechteste Auto auf dem Hof, und es gehört nichtmal uns«, sagte ich.

»Wär nicht schlecht, irgendwann eins zu haben. Meine Schwester macht schon komische Bemerkungen.«

In dieser Atmosphäre fiel eine besoffene Bemerkung, die ich, gut vorbereitet, gleich richtig verstand. Erst ging es um Filme. Dann erzählte jemand von Marion. Eine Schweigesekunde für Jürgen. Der Jemand faselte von seiner Bewunderung. Ich dachte, wenn das alles ist, was von uns geblieben ist, Streß für uns, und Leistungsdruck für die Außenstehenden.

Vielleicht sagte ich es auch. Ich wußte nicht, was ich sagte oder nur dachte. Ich war abgelenkt durch meine Sorgen. Ich wußte längst, durch Ursi, daß ich nicht mehr richtig zuhören konnte. Da hörte ich den plötzlich sagen:

»Ihr habt eure Bedürfnisse ja auch immer ausgelebt.«

»Wer?«

Ich stand auf, ich ging über den Hof, ich suchte Ursi, fand sie in der Küche, die Fliegen summten über den Knochenabfällen. Ursi sprach mit zwei anderen Frauen über deren Kinder und Kinderwünsche. Sie schenkte mir ein Lächeln. Ich schenkte mein Glas voll und ging in den geräumigen Flur. Da war keiner, und da sollte auch keiner sein. Ich setzte mich auf den Boden mit meinem Glas. Laut dröhnte der Klassik-Sampler.

Auf dem Weg zum Auto gingen wir Arm in Arm. Sie meinte, mich stützen zu müssen, ich ruckte unwillig mit der Schulter.

»Es hat dir nicht gefallen?«

»Ich hatte meine Arbeit im Kopf.«

Und die Kiste sprang natürlich nicht an. Dann doch. Sie schimpfte auf ihre Schwester.

»Wegen deinem blöden, alten Stolz«, sagte sie noch.

Ich schwieg. Sie fuhr mich durch die Nacht, ich lag angeschnallt neben ihr, es kreiste alles, sie hielt mich für betrunken, das war ich außerdem.

•

Ich beobachtete sie, stellte Testfragen, analysierte ihren Tonfall, als sie mir lächelnd den Hörer gab, und Sabine dran war, gurrend, sehnend, unter einem Vorwand anrufend. Ich war sicher, Ursi ahnte nichts. Wenn sie mich mit Frauen reden sah, was wieder öfter vorkam, war sie fröhlich. Sie kam gar nicht auf die

Idee, genausowenig wie ich auf die Idee gekommen wäre. Nur daß ich es jetzt wußte.

Die Stadt war eben klein, und man wußte nie, wer in der Küche saß, wenn man aus dem Badezimmer kam.

Was war eigentlich der Unterschied zu früher. Daß die grausame Offenheit fehlte. Der Versuch, es zu rechtfertigen. Diese beschissene Pseudo-Emanzipationsideologie. Daß wir uns wenigstens vorgemacht hatten, wir würden uns gegenseitig erziehen. Als achtundzwanzigjährigen nackten Betrüger konnte ich mich nicht mehr ertragen.

Ich dachte, wir sind jetzt fünf Jahre zusammen. Und wozu eigentlich das ganze. Sie ist nicht Sigrid. Und schützt mich auch nicht vor der Erinnerung. Sie schützt mich nichtmal vor Sabine und ihrem Referendar, alles wird immer bescheuerter, und auch ich bin nur einer von viel zu vielen Marienkäfern.

Ich ging nicht mehr mit ihr ins Bett, dann doch wieder, neugierig, eifersüchtig erregt. Sie folgte mir in allem. Sie hielt es für einen Qualitätssprung. Witzelte, ich hätte »dazugelernt«. Ja leider, sie genoß es.

Dann, eines Abends, bestellte sie mich durch einen Zettel in den *Garten.* Dort stand sie mit diesem Udo, machte uns bekannt, ich hatte nichts zu sagen, und der sagte natürlich auch nichts. Ich ging nach zwei Minuten, sagte nur kurz, ich fühlte mich nicht mehr wohl im *Garten.* Das war nicht gelogen, diese Welt war nicht mehr meine, ihre vielleicht, und was sollte eigentlich der Scheiß, mich ausgerechnet dorthin zurück zu bringen.

•

In der Nacht als die Sommerzeit endete, saß ich allein in der halb ausgeräumten Küche. Eine Weinflasche und ein Glas standen vor mir auf dem Küchentisch, und ein Aschenbecher, obwohl ich nicht rauchte. Ursi war gegangen und hatte mitgenommen, was ihr gehörte, die Küchengeräte, die Kaffeekannensammlung und die Kochbücher. Es war still und leer in der Wohnung, noch stiller als sonst. Alle Fenster waren geschlossen. Ich saß in der stillen Wohnung und spielte mit dem Glas und dem sauberen Aschenbecher. Ursi hatte ihn sauber gemacht, bevor sie gegangen war.

•

An dem Morgen, als ich zu meiner letzten Runde aufbrach, waren die Straßen ungewohnt still. Bis zum Bahndamm sah ich keinen Menschen. Die Laternen waren aus, aber vereinzelt drang noch Lichtschein aus den Scheiben der Erdgeschoßwohnungen. Das erste Herbstlaub raschelte um meine Füße. Ich ging mit Händen in den Taschen.

Ein Mann warf sein Zeitungspäckchen in den Mülleimer. Aus dem vernachlässigten Briefkasten der Kindertagesstätte guckte immer noch das schlecht gemachte Flugblatt.

Ich sah mein Spiegelbild in den Windschutzscheiben parkender Autos. Ich versuchte, gerade zu gehen. Es war wärmer als ich gedacht hatte, und ich knotete das ausgewaschene schwarze Halstuch wieder auf.

Ich dachte daran, wie wir im Haus Tücher gefärbt hatten, Ursi, Jürgen und ich. Wie die nassen, schwarzen Tücher im Hof an der Leine hingen, die Frau aus dem Vorderhaus schimpfte, und die schwarzen Tropfen auf den Steinen sahen aus wie Blut. Daß ich aufhörte, Politik zu machen, was ich unter Politik verstand, als diese blöden Skimützen aufkamen.

Wie Jürgen sein Tuch auf einem dieser humorlosen Treffen liegenließ, und gegen jede Vorsicht dutzende Ferngespräche führte, um es wiederzukriegen. Daß es ihm aber nicht gelang. Und daß es ihm wirklich was ausmachte.

Wie Ursi ihr Tuch bestickte, und dann aus modischen Erwägungen nie mehr anzog, vielleicht lag es noch irgendwo bei ihren Eltern.

Und meins ist einfach im Dauergebrauch verschlissen. Aber ich hatte mir zwei davon gemacht, und das zweite hatte ich noch dabei, zu Beginn meines zweiten Versuchs.

Ich zerrte, bis sich der Knoten löste, ich knüllte das Tuch zusammen und steckte es in die Tasche meiner neuen, bequemen Lederjacke.

Ein oder zwei Minuten stand ich regungslos vor dem Reihenhaus, in dem Sigrid bei ihrer Mutter gewohnt hatte. Ich sah hinauf zu ihrem Fenster, und wenn ich die Augen zukniff, konnte ich den Vogelkäfig und den großen blauen Aufkleber sehen. Wenn ich sie wieder öffnete, sah ich ganz normale Gardinen und Blumentöpfe. Die störten mich. Ich sah den kurzhaarigen Kopf ihrer Mutter, oder bildete ich mir das nur ein. Ich wollte nicht erkannt werden, so früh am Morgen, aber wahrscheinlich war ich sowieso nicht mehr zu erkennen. Ich drehte mich um und ging.

Was dachte ich dabei, keine Ahnung, ich fühlte mich schlecht.

Aber ich weiß, was ich dachte, als ich die neue Baustelle sah. Ich mochte sie nicht. Ich wollte nicht, daß die Stadt sich ändert, komisch was, hier ändert sich doch alles rasend schnell, und es macht mir nichts aus, ich will es sogar. Aber dort wollte ich es nicht. Ich mußte da weg.

Hinter dem Bahndamm überholte mich ein Fahrradfahrer, schwarz gekleidet wie ein Musiker, mit einem hechelnden Schäferhund an der Leine. Ich hörte den Rhythmus der Pfoten auf dem Gras. Ein Zug fuhr vorbei, in dem Leute saßen. Sie sahen den Weg, rechts und links der Gleise, rund um die Kleingärten und das geschlossene Freibad. Sie sahen mich. Ich dachte, was denken die, und sieht man mir eigentlich an, daß ich seit Jahren im Kreis gehe. Sieht man mir an, daß ich Rükkenschmerzen habe.

Ich erweiterte die übliche Runde, stieg den Hang hoch auf das Feld, auf den kleinen Hügel mit den Strommasten und den zerfallenen Strohrädern. Ich stand auf dem Stoppelfeld und sah hinunter auf die Stadt. Ich hörte die ersten Autos auf der Autobahn und das Krächzen der Rabenkrähen.

Ich dachte, wo ist die Rücklauftaste. Ich dachte, ich habe nie viel verlangt, aber jetzt will ich einen zweiten Versuch.

•

Ich war wach und nüchtern, ich hatte nur leichte Kopfschmerzen, und ich hatte die Stadt verlassen. Ich war auf dem Weg nach Hamburg, ich hatte Marions Adresse, und ich dachte, sie weiß wo Ursi ist. Ich saß auf dem Rücksitz eines alten VW Passat zwischen zwei Frauen, die ich nicht kannte. Der Tachometer funktionierte nicht, und der Fahrer hielt alle 100 Kilometer an, um Öl nachzugießen.

Die Frau auf dem Beifahrersitz hatte ein Jahr in Glasgow studiert. Eine meiner Nachbarinnen wollte nach Brasilien auswandern. Die andere hatte einen Bruder, der die Wüste in den Vereinigten Arabischen Emiraten mit Mangroven aufforsten wollte, »um die Brandrodungen am Amazonas auszugleichen.« Der Fahrer lernte Krankengymnast und erzählte vom Sport, der zur Ausbildung gehörte.

Er fragte, was ich machte, ich sagte »arbeitslos« und wurde lästigerweise gleich bemitleidet. Ich sagte, ich hätte »in einer Druckerei gejobbt«.

Alle, die mit mir in diesem Auto saßen, waren wegen ihrer Freunde und Freundinnen unterwegs. Ich tröstete die jüngste Frau, sie ging noch zur Schule, ihr Freund hatte in Hamburg Zivildienst angefangen, ob sie noch eine Chance hätten? Der Fahrer sagte nein, das ärgerte mich, und ich sagte:

»Wenn ihr euch liebt, habt ihr jede Chance.«

»Glaubst du wirklich?« fragte das Mädchen erleichtert.

»Was willst du in Hamburg?« fragte mich der Fahrer.

»Alte Bekannte besuchen.«

•

Ich saß in der Wohnung von Christoph, meinem Bruder, in Berlin. Mein sechsjähriger Neffe stand vor mir und fragte:

»Was ist das, ein Mauersegler?«

»Eine Art Schwalbe. Etwas größer vielleicht und ohne weißen Bauch.«

Ich stieg auf unseren Speicher, um die trockene Wäsche zu holen. Als ich mit dem langen Schlüssel die Tür aufschloß, flatterte der gefangene Mauersegler in Panik durch den Raum. Er kreiste über den Leinen mit den weißen Laken, verfing sich sekundenlang an einer freien Schnur, mit der Kehle, wie ich entsetzt bemerkte, kam wieder los, flog benommen zum Licht, einer Art Dachluke, prallte dagegen, fiel zu Boden und blieb regungslos liegen.

Der Junge hörte zu. Christoph hörte zu. Ich sagte: »Es war niemand da, um den Mauersegler zu retten. Ich wußte erst nicht, was ich machen sollte. Der Vogel lag leblos vorm Fenster, und ich dachte, er wäre tot. Ich dachte, ich sollte der alten Vermieterin Bescheid sagen, wie wir früher Opa Bescheid gesagt haben.« Ich nannte meinen Vater Opa, damit der Junge mich besser verstand. »Ich stapelte die steife, weiße Wäsche in den Plastikkorb. Aber dann ging ich doch noch hin. Ich fand es einen Versuch wert.«

Ich kniete vor der Luke. Ich öffnete das kleine, runde Fenster. Ich hob den unscheinbaren, grauen Vogel, mitsamt seiner zufälligen Unterlage, einem Packen staubiger Folien, auf das Mauersims. Als das Tier sich schwach bewegte, deckte ich es vorsichtig zu.

Ich schob alles nach draußen. Ich öffnete die Hülle, und der Mauersegler flog davon, pfeilgerade in den heißen Sommerabend hinein.

Ich sagte zu Christoph: »Und ich hoffe, daß das jemand eines Tages auch für mich macht.« Christoph lachte. Es schellte an der Wohnungstür, und wir hörten, wie Anna im Flur den Summer drückte. Ich zog die rausgerissene Biologiebuchseite aus der Tasche meines schwarzen Hemdes und gab sie meinem Bruder. Ich ging in den Flur, dort war Sigrid, sie sagte nichts, ich sagte nichts, und wie sie mich ansah, kann ich nicht beschreiben. Wir schlossen uns fest in die Arme. Der Junge guckte neugierig aus der Wohnzimmertür. Ich ging weg mit Sigrid. Christoph legte die Seite auf den Bug des roten Schiffs.

DAS ROTE SCHIFF

Es war nicht so einfach, das rote Schiff loszuwerden. Einfach wegwerfen konnte man es nicht, dafür war es zu wichtig, und ich wußte, daß ich so etwas nie wieder bauen würde. Doch das Schiff war zu groß für die kleine Wohnung, in der ich seit drei Jahren mit Ursi lebte. Deshalb war ich froh, daß Christophs Kinder sich dafür interessierten, ich schenkte es ihnen kurzerhand zu Weihnachten und wollte es bei passender Gelegenheit nach Berlin bringen.

Ich hatte eine Grippe überstanden und mich gerade eine weitere Woche krankschreiben lassen. Christoph dagegen war wirklich krank, am Telefon erzählte er was von einem Hexenschuß; außerdem fing es frühmorgens in Berlin an zu schneien. Es sah schon ganz nach einer Vertagung aus, aber weil schon alles vorbereitet war, blieb es bei dem alten Plan.

Während Christoph sich im verschneiten Berlin auf den Weg machte, in dem alten VW-Bus eines Freundes mit einem gemieteten Anhänger, begann ich das rote Schiff auszuräumen. Ich zog die Kartons mit der Bettwäsche aus dem staubigen Heck und machte alles sauber. Ursi half mir, das Oberteil des Schiffes abzunehmen und an die Wand zu stellen. Mit Birgit, der Schlagzeugerin, schleppten wir die Schiffshälften in den Hof und bedeckten sie mit Plastikplanen, deren Enden wir mit Steinen beschwerten. Die Stimmung war nicht gut, ich hatte es schwer, allein an der Spitze, und ich wurde noch unfreundlicher, als ich sowieso schon war. Die Frauen fuhren zu einem Einrichtungshaus, ich räumte weiter auf und hörte alte Kassetten dabei. Ich sah mir die Druckstellen der Eisenräder in dem blauen Teppich an. Ich legte die Matratze auf den Boden, ruhte mich aus und las eine halbe Stunde, denn nach Christophs Ankunft sollte es gleich wieder los gehen.

Als Christoph schellte, war unten schon abgeschlossen. Er schellte ein zweites Mal wie alle. Er stand da in seinen dicken, unförmigen Winterkleidern, mit der engen, ostfriesischen Strickmütze auf dem Kopf, kopfschmerzenbleich und zitternd vor Kälte. Er klapperte dermaßen mit den Zähnen, daß man ihn zuerst überhaupt nicht verstand.

Ich setzte mich ans Steuer des VW-Busses, der mit Warnblinklicht an mitten auf der Straße stand. Erst zwei Straßen weiter fanden wir eine ausreichend große Parklücke. Christoph wollte das Warnschild nicht aufhängen. Er fragte, ob die Gegend »sicher« war.

»Wieso, ist der nicht versichert?«

»Das schon, aber mit Selbstbeteiligung.«

Es gab zwei Probleme mit dem Bulli, erstens schaffte er beladen nur knappe 80, zweitens funktionierte die Heizung nicht. Dazu Christophs Hexenschuß. Sofort zurückzufahren, wie ursprünglich geplant, kam nicht mehr in Frage.

In der Küche drehte ich die Heizung höher und versorgte meinen Bruder mit Zitronentee, zwei Aspirin und dem aufgewärmten, vegetarischen Kohl. Duschen wollte er nicht, und eine Badewanne hatten wir nicht. Als es ihm besser ging, rief er Anna in Berlin und später noch den Anhängerverleiher an. Er ging früh schlafen.

•

Als ich morgens in Christophs Zimmer kam, stand sein Fenster schon weit offen. Es war eine Menge Schnee gefallen, aber niemand war im Park, um einen Schneemann zu bauen. Christoph hatte sich kaum erholt. Er klagte über Kopfschmerzen und unsere »komischen« Musikzeitungen. Zum Frühstück aß er ein Aspirin und einen halben Apfel.

Während Christoph den Wagen holte, trugen Ursi und ich die Schiffshälften an die Straße. Die Plane war heruntergeweht, und an den Spanten des Rumpfes lag überall Schnee. Es fing wieder an zu schneien.

Einer der Lehrlinge vom Radiogeschäft faßte bei der zweiten Hälfte an. Wieder trug ich alleine an der Spitze, und Ursi und der Lehrling trugen am Heck.

»Was ist das eigentlich?« fragte der Lehrling.

»Ein Bett«, sagte Ursi.

»Ein Schiff«, sagte ich.

Die obere Hälfte kippte von der Wand und landete geräuschlos im Schnee.

»Gehen sie angeln?« fragte die Nachbarin mit dem Besen.

Im Takt des Warnblinklichts fuhr Christoph langsam heran. Sofort stauten sich die Autos hinter ihm. Ich stapfte mit meinen wasserfesten, klobigen Winterschuhen durch den Schnee.

Ich hatte die grüne Winterjacke an und mehrere Schichten Pullover, und ich fühlte mich warm und sicher darunter.

Zusammengebaut paßte das Schiff haargenau in den Anhänger. Wir schlossen die Klappe, zurrten die Plane fest, ich küßte Ursi zum Abschied und drückte mich am Baum vorbei auf den Fahrersitz. In den Hauseingängen standen immer noch die Nachbarn und die Verkäufer aus dem Radiogeschäft.

•

Ich fuhr die ganze Strecke. Christoph saß verfroren neben mir, in den amerikanischen Mumienschlafsack verkrochen und mit einer zusätzlichen Decke um die Schultern. Er sah wirklich schlecht aus. Um ihn aufzumuntern, schrie ich ihm die Geschwindigkeiten zu. Es machte Spaß, langsam zu fahren, ich mußte nie überholen und stellte mir vor, ich war ein Schlepperkapitän auf einem sommerlichen Kanal.

Die Scheibenwaschanlage und die Benzinuhr funktionierten nicht. Das mit der Waschanlage war nicht so schlimm, weil es immer genug Schnee gab. Ansonsten mußte man eben darauf achten, rechtzeitig zu tanken.

An der ersten Tankstelle sollte ich das Öl nachsehen und Anna in Berlin anrufen. Ich sagte einen Termin für Christoph ab und fragte, ob Sigrid schon angerufen hätte.

Im Weserbergland sahen wir einen Sattelschlepper, der zur Hälfte über den Abgrund an einer dieser Talbrücken hing. »Verdammte A 1«, sagte Christoph, »Scheiß-Hitler mit seinen Scheiß-Autobahnen.« Zweimal wurden wir von überholenden Autos angehupt. Ich korrigierte nervös, ich dachte, ich fuhr zu weit links, die Spuren waren noch enger als vorher, die rechte Seite schneebedeckt, außerdem wurde ich langsam müde.

Kurz vor Helmstedt überholte uns ein dunkelblauer, großer Opel. Wir hörten das Eis krachen, wir dachten jedenfalls, daß es das Eis war. »Hast du das gesehen!« rief ich empört. Der Wagen verschwand in der Ausfahrt.

Wir hielten an der Raststätte, um ein letztes Mal im freien Westen zu pinkeln. Aus Propagandagründen, nahmen wir an, waren erstmals die Toiletten umsonst. Draußen trat ich die dicken, grauen Schneeklumpen von den Nummernschildern.

Am Grenzübergang deutete der Wachsoldat, in seinem weiten Regenumhang, auf das Ende des Anhängers. Christoph sagte mutlos: »Der will wissen, was da drin ist.« Ich dachte eher, ich stünde vielleicht falsch in der Spur. Ich winkte entschuldigend und wartete erstmal ab. Die Frau hinter der Glasscheibe gab uns die Pässe mit den Visa zurück und sagte nicht unfreundlich: »Fahren sie mal rechts ran und bringen ihr Hinterrad in Ordnung.« Ich wußte nicht, wo ich halten durfte und war nervös, weil hinter uns ein anderer Wagen war.

Der linke Radkasten war völlig verbogen. Wir zogen ihn vom Reifen weg und befestigten ihn notdürftig mit Expanderstricken, die wir in dem unordentlichen Bulli unter den Sitzen fanden. Dann waren auf einmal die Papiere verschwunden. Wir gerieten allmählich in Panik, aber dann stellte sich heraus, daß ich einfach auf ihnen saß.

Ich ließ mich nur ungern überzeugen, daß wir angefahren worden waren, von dem blauen Opel vor Helmstedt, und daß wir wegen der »Selbstbeteiligung« selbst dafür bezahlen mußten. Den anderen Fahrer würden wir nie finden. Umgekehrt konnte der auch nicht zur Polizei gehen, weil der Schnee unsere Nummernschilder unlesbar gemacht hatte.

Christoph schenkte mir ständig süßen Tee ein, wir aßen kiloweise Obst und Schokolade (ohne Nüsse wegen Tschernobyl), wir hielten noch mehrfach zum Pinkeln an den dunklen, observierten Parkplätzen, und als wir den Unfall genügend besprochen hatten, machten wir uns Sorgen über das Wetter in Berlin.

Aber in Berlin war es mild. Christoph dirigierte, es gab keine Probleme mehr, wir kamen nichtmal in den Stau und fanden sogar einen Parkplatz direkt vor dem Haus. Anna und die Kinder kamen uns lachend entgegen. Ich war wieder ziemlich unfreundlich. Ich schaffte das Fahren, den Schnee und das Tragen, aber ich konnte mich nicht zur selben Zeit mit den Kindern beschäftigen.

Schon das kleinere Unterteil des Schiffes paßte nicht durch die Haustür. Durchs große Fenster ihrer Erdgeschoßwohnung erst recht nicht, denn da gab es einen Mittelpfosten, den Christoph schlicht übersehen hatte. Also trugen wir alles in den Hof und ließen es dort stehen. Christoph wollte das Schiff auf den Balkon heben, aber ich weigerte mich mit dem Argument: »Andere Boote stehen ihr Leben lang im Wasser.«

Dann brachten wir den Anhänger weg. Der Vermieter wollte einen »Freund« die Schweißarbeiten machen lassen und den beschädigten Reifen als Ersatzreifen weiterverwenden. Christoph mußte ein Papier unterschreiben, daß er den Schaden anerkannte, 120 Mark kostete uns der Unfall zusätzlich, damit war Christoph zufrieden, während ich noch kurz vorher wütend vorgeschlagen hatte: »Ich setz die Karre vor den Baum, damit es sich wenigstens lohnt.« Auf der Rückfahrt sagte Christoph zufrieden:

»Ich habe also recht gehabt.«

»Wie immer.«

•

Ich saß zwischen den Kindern am Abendbrottisch und fütterte sie. Das Mädchen sperrte den Mund auf wie ein junger Vogel, und der Junge machte es ihr nach. Er tat so, als könnte er nicht sprechen. Die Erwachsenen sprachen über das Wetter.

Christoph hatte Fieber und ging nach dem Essen ins Bett. Ich ging ins Badezimmer und stieg in die Badewanne, die viel zu kurz für mich war. Nach dem Abtrocknen rieb ich mich mit Kinderöl ein. Ich fühlte mich unwohl vom langen Sitzen und von den vielen Süßigkeiten.

Die Kinder spielten mit dem Schlafsack und meinen Schuhen. Der Junge legte die gelbe Decke auf den Holzboden im Wohnzimmer und sagte: »Jetzt habe ich einen Teppich gemacht, obwohl Christoph und Anna keinen Teppich wollen.« Später zog er ihn seiner Schwester unter den Füßen weg. Sie fiel um und schrie. Anna schimpfte, der Junge schrie. Schließlich sagte er so leise wie möglich »Entschuldigung«, in Richtung der Türklinken ungefähr.

Während die Kinder ins Bett gebracht wurden, versuchte ich unter zwei verschiedenen Nummern, Sigrid zu erreichen. Dann legte ich mich auf das alte Schaumstoffsofa und las die Zeitungsausschnitte, die Anna für mich gesammelt hatte. Es waren alles Artikel, die sich auf meine Arbeit bezogen. Ich spürte einen Anflug von schlechtem Gewissen, weil ich nicht arbeitete. Unruhig stand ich auf und sah mir Annas Bücherregal an.

Aus Langeweile und abstraktem Bedenken lag ich schon um

10 im Bett. An einer Kordel entlang der Wand hingen ausgeschnittene Papierfiguren, ich selbst roch nach diesem Kinderöl, und durch die dünne Wand hörte ich den Fernsehton, irgendeine blöde Fernsehstimme in irgendeiner blöden Kultursendung, die Anna noch stundenlang sah. Dann telefonierte sie. Ich konnte nicht lesen, weil ich Kopfschmerzen hatte und weil mir die Augen wehtaten.

•

Samstag morgen lieh ich mir Annas kleines Fahrrad mit dem wackeligen Sattel und fuhr zur Mitfahrzentrale und zu einer Kunstbuchhandlung, die Sebastian empfohlen hatte. Zwei Polizisten in einem kastenförmigen VW-Bus zeigten mit dem Finger auf mich und lachten. Ein schnauzbärtiger Motorradfahrer schrie eine Bemerkung, die ich nicht verstand, und ich dachte plötzlich, das sind die Leute, die Sigrid kennt.

Ich sah mir eine Menge Bilder an, aber ich war zu sehr in Urlaubsstimmung und kaufte nur eine Zeitung. In der Mitfahrzentrale bezahlte ich 13 Mark für die Telefonnummer eines Fahrers, der in die Stadt meiner Eltern fuhr. Es gab kein Auto nachhause, und ich wollte sowieso nicht so schnell zurück. Ich konnte auch nicht bleiben, ich hielt es erfahrungsgemäß nicht lange bei Christoph aus, ich wurde unweigerlich wieder der kleine Bruder, oder vielleicht waren wir uns auch nur zu ähnlich.

Der Fahrer des Wagen hieß ebenfalls Christoph. Wir verabredeten uns für den nächsten Morgen und machten Zeit und Treffpunkt aus. Der zweite Christoph sagte, daß er ein rotes Auto fuhr.

Beim Frühstück mit der Familie gab es zwei Zeitungen, in denen wir abwechselnd lasen.

»Guckst du öfter Stellenmarkt?« fragte Anna.

»Mh«, machte ich.

Meinem Bruder ging es wesentlich besser. Es war nicht »die Angina von den Kindern«, die Anna befürchtet hatte, er war ausgeruht, nur der lästige Hexenschuß behinderte ihn noch. Er demonstrierte stolz seine neue »Kaffeemaschine«, die Glaskanne mit dem Metallfilter zum Runterdrücken. Er fand, sie war ökologisch. Ich fand, sie war unpraktisch.

Wir überlegten, wie es mit dem Schiff weitergehen sollte. Wir waren uns schnell einig, das hintere Drittel abzusägen. Christoph fragte, wann ich Zeit dafür hätte, und ich sagte nervös, das wüßte ich noch nicht. Dann fuhr Christoph los, um den Wagen zu tauschen und die fehlenden Werkzeuge zu holen.

Kurz danach rief Sigrid an. Ich verstand sie erst nicht, weil sie so hastig sprach und die Kinder sich laut stritten; Anna brachte sie aus dem Zimmer. Die erste Frage, die ich verstand, war:

»Wann fährst du denn wieder?«

»Nicht bevor ich dich gesehen habe.«

Sie sagte, sie wolle mich abends abholen, ich sagte, das sei nicht nötig.

»Ich habe aber gerade den Wagen hier.«

Nach dem Telefongespräch saß ich ein paar Minuten völlig entspannt und fröhlich auf dem Holzboden. Der Junge zog meine klobigen Wanderschuhe an und stapfte kichernd durch den Raum. Dann wollte er gekitzelt werden. Ich nahm ihn auf die Schultern, und Anna lobte uns pädagogisch. Das Mädchen wollte sofort wieder herunter.

Nachmittags trugen Anna und ich die Schiffshälften in den Hof und stellten sie aufeinander. Christoph verlegte mit großem Aufwand die Verlängerungskabel. Ansonsten war er keine große Hilfe, weil er immer noch unbeweglich war. Das hinderte ihn natürlich nicht, alles ganz genau zu wissen.

Bei den dicken Pfosten streikte die elektrische Stichsäge, und ich plagte mich mit dem rostigen Fuchsschwanz ab. Anna wollte mich ablösen, aber ich fand, sie sollte sich lieber um die Kinder kümmern, die ausgelassen tanzten und auf den Schiffsbug kletterten, während ich hinten sägte.

»Ich finde das nicht gut«, sagte Christoph hilflos zu einem Nachbarskind.

Als letztes schraubte ich die kleinen, rostigen, vom Gewicht des Schiffs eingedrückten Möbelrollen ab. Dann trugen wir die größeren Teile in das Kinderzimmer und setzten sie dort wieder zusammen. Die abgesägten Enden kamen vorerst in den Keller. Ich redete Christoph zu, sie dort zu lassen, aber das wollte er nicht, und die Kinder, die er listig um ihre Meinung fragte, erst recht nicht.

Nach dem Duschen ging ich wieder in das Zimmer, in dem mein Bett stand. Ich drehte die Birne in die kleine Lampe und las im Liegen, und zwar das Buch *Der SS-Staat*, das ich für meine Arbeit lesen mußte. Der Junge und sein Freund kamen und wollten die Lampe haben. Ich sagte, ich brauchte sie noch eine halbe Stunde, und als sie sich auf mich stürzten, sagte ich nur:

»Hör auf, ich bin zu müde zum Spielen.«

Sie brauchten die Leselampe für das Schiff, sie saßen im Rumpf des Schiffes und brauchten die Lampe dafür, aber das wußte ich noch nicht. Ich las noch ein paar Seiten, dann knipste ich dunkel und schlief ein.

•

Um die Zeit, als ich mit Sigrid verabredet war, saß ich mit den anderen am Abendbrottisch. Ich sah ihnen beim Essen zu und trank den Tee und das Glas mit der halben *Aspirin.* Als die Schelle ging, stürzte ich aufgeregt in den Flur und drückte alle erreichbaren Knöpfe. Christoph lachte. Ich sah Sigrid durch die Glastür, sie rüttelte von außen daran, ich ging runter in den Flur und machte auf. Wir begrüßten uns, wir berührten uns nicht. »Willst du das Schiff nochmal sehen?« fragte ich. »Wer ist das, Mama?« hörte ich den Jungen fragen, als wir an der Wohnzimmertür vorbeiliefen.

Als ich die Schuhe anzog, hatte ich an jedem Bein ein kicherndes Kind hängen. Ich zog mir die roten Halbschuhe an, nicht die wasserfesten Wanderschuhe. Wir verabschiedeten uns mit vielen Wiederholungen, und ich hatte den Eindruck, daß die Familie ein bißchen neugierig oder neidisch war.

Wir stiegen in ihren orangen, alten *Audi 80.* »Ich fahre erstmal zu mir«, sagte Sigrid, »ich war noch gar nicht Zuhause.«

Auf der Stadtautobahn fragte sie mich über Anna aus. Ich sagte, ich fände sie sympathisch, aber ich hätte wohl keine Lust, ihre Art Leben zu führen. Sigrid sagte überraschenderweise: »Vielleicht ist es das beste.« Niemand sagte etwas, während wir die Stadtautobahn verließen. »Scheiße, nicht gesehen«, fluchte sie, als sie jemandem die Vorfahrt nahm.

Zum Einparken ließ sie mich aussteigen, sie hatte einen Platz gefunden vor einem Baustellengitter und setzte ein paarmal vor und zurück. »Steht immer noch nicht besser, was?« Sie schloß die Fahrertür und trat in die große Pfütze neben dem Wagen. Früher hätte ich reingetreten, dachte ich.

Als wir in die Wohnung kamen, schellte das Telefon am Ende des Flurs. Sigrid hob den Hörer und sagte: »Ja?« Ich hing die Jacke an den Haken, stopfte den Schal in die Tasche und fühlte irritiert die Packung mit den Präservativen.

Ich wartete in der Küche und sah mir den Vogelkäfig an. Die Finken flatterten aufgeregt herum, wahrscheinlich hatten sie Angst vor dem großen, fremden Tier. Sigrid lachte am Telefon:

»Vielleicht will er ja mit?«

»Wohin?« rief ich in den Flur.

Sie sagte »tschüß« und legte auf. »Normalerweise gehe ich samstags in die Sauna. Gehst du noch manchmal?«

»Nein, nie.«

Ich stand immer noch vor dem Käfig und beobachtete die Vögel. Sie hatten sich wieder beruhigt, seit Sigrid im Zimmer war.

»Sie sind wahnsinnig fruchtbar.«

»Und was machst du damit? Verschenken?«

»Ach nein, die sterben.«

»Läßt du sie manchmal noch fliegen?«

»Nein, nie.«

Ich hatte immer noch keinen Hunger, aber Sigrid aß die letzte Scheibe Brot zu dem Kaffee, den wir tranken. Wir sprachen über unsere Berufe. Als ich fragte, ob sie zufrieden sei, wischte sie mit der Hand durch die Luft: »Es ist immer so phasenweise.« Dann fing sie an, mir von ihren Reisen vorzuschwärmen. »Ich würde am liebsten gleich nächste Woche wieder fahren«, sagte sie. Sehnsüchtig wanderten ihre Augen zu der Weltkarte, die hinter meinem Rücken an der Wand hing.

Wir sprachen über die Band. Ich erzählte, daß wir wieder anfangen wollten, »richtig anfangen« wollten, und daß Murmel auf Baß umgestiegen war.

»Du hast jedenfalls was, an das du glaubst.«

»Ja, manchmal.«

»Manchmal denke ich, ich müßte auch was haben, das mir wichtig ist. So wie deine Schwägerin zum Beispiel.«

»Das ist doch nicht dein Ernst, Sigrid.«

»Und wenn? Dann kann man wenigstens aufhören, sich Gedanken zu machen. Dann hat man wenigstens einen, der immer zu einem gehört.«

»Da wäre ich nicht so sicher, Sigrid.«

Sie wartete einfach ab, bis das Ende meines Satzes wirkungslos verklungen war.

»Aber wenigstens erstmal für 20 Jahre, und wenn man sich nicht total blöd anstellt, auch länger.«

Sie sprach von ihrer Mutter, und wie wichtig sie für sie war. Ich schüttelte skeptisch den Kopf.

»Ich weiß, es ist egoistisch«, sagte Sigrid darauf.

»Egoistisch?«

»Ich weiß, es ist egoistisch, in dieser Welt noch Kinder kriegen zu wollen.«

»Du siehst zuviel Fernsehen.«

»Ich sehe überhaupt kein Fernsehen«, sagte sie heftig. »Höchstens bei Anton manchmal.« Anton war ihr Freund. »Ich brauche kein Fernsehen.«

»Man muß das nicht alles wörtlich nehmen«, sagte ich. »Das meiste schon, aber doch nicht alles, glaube ich.«

Ich erzählte von Peter, unserem ehemaligen Bassisten, der Vater geworden war und aufgehört hatte, Musik zu machen.

»Du brauchst ja nicht aufzuhören«, sagte sie.

»Ich würde sofort aufhören. Ich würde einen ernsthaften Beruf ergreifen und dafür sorgen, daß mein Kind auf dem Schulhof nicht verspottet wird.«

Wir sprachen über Anton, Sigrids Freund, und darüber wie schwierig es war, wenn man auf diese Weise zusammen lebte und verschieden viel Geld verdiente. Wir tauschten unsere Erfahrungen aus über Schlafgewohnheiten und verschiedene Matratzenarten, wir redeten über das rote Schiff, über Sigrids Weiterbildungspläne, über die Berufe unserer früheren, gemeinsamen Bekannten und über neue Filme. Wir blätterten in einer Programmzeitschrift und entschieden uns schließlich, später noch in ein Konzert zu gehen.

•

Es war gar nicht mehr kalt, die Luft war angenehm, und man konnte mit offener Jacke gehen. Es nieselte nur ein bißchen, und ich setzte die dünne Wollmütze auf, aber dann setzte ich sie wieder ab, weil sie blöd aussah. Ich hatte immer noch ein bißchen Kopfschmerzen. Ich war noch ein bißchen kurzatmig und konnte nicht so schnell gehen. Die Luft tat mir gut.

»Wo gehen wir eigentlich hin?« fragte Sigrid am Flughafen. Sie nannte zwei Möglichkeiten, sie meinte aber, in der einen Richtung würden wir vielleicht Arbeitskollegen treffen, also gingen wir in die andere. Wir sahen das leere Rollfeld durch den Maschendraht. »Ich mag das Licht«, sagte sie, »ich geh gern hier lang. Es erinnert mich an meine Reisen.«

Sie zeigte mir die Bibliothek, aus der sie ihre Bücher holte. Sie kaufte keine Bücher mehr, erklärte sie, höchstens Taschenbücher auf Reisen. Sie zeigte mir das Schwimmbad, wo sie sich im Sommer nach der Arbeit mit Anton traf.

Als wir durch den dunklen, nassen Park gingen, hakte sie sich wie früher bei mir ein. Ich dachte jedenfalls, daß es wie früher war, aber dann merkte ich, daß es anders war. Weil wir nicht mehr eng umschlungen gingen, weil ich nicht mehr jede ihre Bewegungen spürte, und weil die Absätze ihrer spanischen Stiefel ihren Gang zerhackten. Auf der Straße ließ sie mich sofort wieder los.

Wir spähten durch ein paar feuchte Fenster, bis sich ein griechisches Lokal fand, das leer genug und nicht so teuer zu sein schien. Wir setzten uns an einen freien Tisch in der Mitte des Raumes. Wir bestellten zweimal Gemüseauflauf und eine Karaffe Wein zusammen. Ich hatte erst Bedenken wegen der halben *Aspirin*, aber Sigrid meinte, es wäre lange genug her. Ich wollte vorher einen Kaffee haben.

»Deutsch oder griechisch?«

»Griechisch natürlich.«

Sie sprach über das Essen, das in Ordnung war. Ich sprach über die Musik und woran sie mich erinnerte.

»Es war schlecht und albern, aber es war schon alles drin enthalten. Wenn ich es mit heute vergleiche...«

»Was ist heute?« fragte sie gereizt.

»Nichts. Nichts, soweit ich sehe.«

Ich fing an, von der Politikzeit zu reden, aber nur kurz, denn ich haßte es, nostalgisch zu werden.

»Manchmal denke ich, es liegt nur an mir. Ich bin genau der, der den Anstoß geben könnte. Aber ich tue es nicht. Ich würdige sie keiner Revolte mehr.«

»Aber was würdest du tun?«

Ich gab keine klare Antwort sondern erzählte stattdessen von Sebastian, den Sigrid nicht kannte. Ich berichtete von Sebastians Angebot, bei einer Zeitschrift mitzumachen, dieser ehemaligen Stadtzeitung, die sein Arbeitgeber gerade gekauft hatte.

»Ist doch toll«, sagte Sigrid.

»Meinst du?«

Schließlich sagte ich, ich würde wahrscheinlich doch nicht mitmachen, weil es »nicht wichtig« wäre. Was ich mit »wichtig« meinte, verstand sie nicht, und ich konnte es ihr auch nicht erklären.

Ich merkte, daß sie immer unkonzentrierter wurde. Sie wirkte fast schon bedrückt.

»Ist was?«

»Nein.«

Sie schüttelte sich, als ob sie fror. Dann stand sie auf.

»Ich geh mal Anton anrufen. Vielleicht hat er auch Lust, ins Konzert zu kommen. Oder findest du es blöd, wenn wir ihn treffen?«

»Weiß er, wer ich bin?«

»So erstmal nicht.«

Aber sie erreichte ihn sowieso nicht. Sie setzte sich wieder an den Tisch, wir lachten noch ein bißchen, und ich dachte, es ist gut, daß sie es wenigstens versucht hat. Als die Musik sich änderte, brachen wir auf.

•

Die Musik war nicht zu laut, und die Leute waren noch nicht zu betrunken. Es gab genug Platz, und an der Theke kriegte man sofort was zu trinken. Allerdings kein Mineralwasser.

Als die Band anfing, gingen wir ganz nach vorne. Bei den schnellen Stücken tanzten die Ledertypen Pogo, also gingen wir wieder ein Stück zurück. »Ich weiß, es ist nur ein Spiel«, sagte ich entschuldigend, »aber deshalb habe ich trotzdem keine Lust, mir die Nase brechen zu lassen.« Wir standen am Rand des Geschehens, ich in meiner Karategrundhaltung, bereit für so ziemlich alles, Sigrid ungeschützt lässig, in ihrer knappen, offenen Lederjacke und den Stiefeln mit den hohen Absätzen. Sie bewegte ihre Hüfte und nickte mit dem Kopf zu der Musik. Ab und zu führte sie die Bierflasche an den Mund. Einmal stieß ich einen zurück, der von vorne auf sie zuflog. Einmal nahm ihr jemand von hinten die Zigarette aus der Hand und zündete seine daran an. Sie sah nichtmal hin. Sie hielt einfach nur die Hand an die Schulter, bis er fertig war und die Zigarette zwischen ihre leicht gespreizten Finger drückte.

Die Musik war nicht schlecht. Der Sänger erzählte, von welchen Platten ihre Songs waren und widmete sie anderen Gruppen, oder zum Beispiel »Alfons am Monitor, der in fünf Minuten die Fische füttert.« Ich klatsche höflich. Ich zog Hustenbonbons aus der Tasche und bot Sigrid davon an. Als es ich es zum zweiten Mal tat, fragte sie gereizt: »Stört dich schon meine Fahne?« Ich roch keine.

In der Pause standen wir unter einem Vorsprung im Hof und beobachteten die Leute, die da herumlungerten, redeten, rauchten und natürlich Bier tranken. Ein Mädchen kam an und fragte: »Habt ihr einen Kuli mit blauer Mine?« Blau wie der Stempelaufdruck, den sie nachmachen wollte.

Die nächste Gruppe war auch ganz gut, aber die folgende war unerträglich. Sie hatten schlechte Verstärker, waren verstimmt und ließen zu lange Pausen zwischen den Stücken. Ansonsten waren sie überwältigt von ihrem Erlebnis und bemüht, genauso arrogant zu wirken wie die richtigen Popstars. Ich versuchte zu erklären, was der grundsätzliche Unterschied zu meiner Gruppe war. Warum es etwas ganz anderes war, obwohl wir möglicherweise genauso viele Fehler machten. »Warum gehst du nicht nach vorne und spielst ein bißchen Gitarre?« fragte Sigrid lachend.

Als wir wieder draußen waren, sah ich erstmals auf die Uhr. Die letzte U-Bahn fuhr und wir mußten uns entscheiden, wie der Abend weitergehen sollte. Ich sprach vage von meiner Grippe und der anstrengenden Fahrt am nächsten Tag. Sigrid sagte:

»Ich habe wahrscheinlich einen andere Rhythmus als du.«

»Glaube ich nichtmal.«

»Wenn du jetzt nachhause gehst, gehe ich bestimmt nochmal rein.«

»Ich will nicht nachhause.«

Ein paar von den Lokalen in der Gegend hatten schon geschlossen, aber es gab auch noch welche, die offen waren. Wir saßen in einem ziemlich leeren Café mit einer zwei Meter hohen Holzvertäfelung, den üblichen, unbequemen Stühlen,

Nähmaschinentischen und schlechten Skulpturen. Zwei Tische weiter saßen zwei schnurrbärtige Vierzigjährige, tranken Wein und redeten. Wir hörten ihnen eine Weile zu, und als wir dann anfingen zu reden, hörten sie ganz interessiert uns zu.

Ich hatte das Gefühl von früher, daß mich die Erwachsenen irrtümlich um Sigrid beneideten. Oder war es nur, weil wir jung waren? Die Kellnerin kassierte bei jeder Bestellung, und wir zahlten abwechselnd füreinander.

Dann gingen wir zurück zu den Konzerten, aber dort war die Stimmung endgültig umgeschlagen. Ich wollte gleich wieder weg. Sigrid zögerte, sie wollte sich »nochmal umsehen«. Nach Anton, dachte ich. Ich wartete an der Tür und ließ mich zweimal anrempeln. Im Hof wurden ein paar Flaschen zerschlagen.

Die kalte Luft war eine Wohltat nach dem Gestank und der drückenden Hitze in den Lokalen. Es dauerte einige Minuten, bis einen die Kälte erreichte. Sigrid empfahl eine Diskothek, »allerdings liegt sie genau entgegengesetzt von meiner Wohnung.« Sie fragte, ob ich »notfalls« Eintritt bezahlen würde.

»Natürlich«, sagte ich überrascht.

»Wieso natürlich. Früher hätten wir das nicht gemacht.«

»Früher hatten wir auch kein Geld.«

•

Es war angenehm zu gehen, es war halb drei, und es waren überraschend viele Leute auf der Straße, die ihre kalbsgroßen Hunde ausführte. Das alte Pflaster in den Nebenstraßen glänzte vor Nässe, und von den geschwungenen Laternen tropfte das Licht auf den spiegelnden Boden. Wir unterhielten uns über die Häuser von der Bauaustellung, und plötzlich erkannte ich die Gegend wieder, in der Christoph als Besetzer gelebt hatte, »vor Ewigkeiten«, wie ich verlegen formulierte. Ich fand sein Haus aber nicht, und dann war ich mir auch nicht mehr so sicher.

Schon von weitem sahen wir das rote Stockwerk in dem großen, alten Eckhaus, in einer düsteren Gegend, an einem zugeparkten Platz voller Müll und Hundekot in der Nähe der Mauer. Im Näherkommen erkannten wir menschliche Schatten vor dem unruhigen, roten Licht. Man hörte nichts oder wenig.

Im Treppenhaus mußten wir warten.

»Dadurch wird es nie zu voll«, sagte Sigrid, »und die Luft bleibt erträglich. Und vor allem sind nicht zu junge Leute da.«

»Soll das heißen, du fühlst dich alt?«

»Du nicht, Paul?«

»Ich wußte immer, daß ich meinen Höhepunkt mit 43 oder so haben würde.«

»43«, wiederholte sie ungläubig.

Ich grinste schadenfroh.

Ein paar Leute drängelten sich ziemlich plump vor, und Sigrids Gesichtsausdruck wechselte zu reiner Verachtung. Ich fragte, ob sie an der Kasse Gesichtskontrolle machten.

»Ich bin bisher immer so reingekommen.«

»Glaube ich.«

Ich strich über meine feuchte, grüne Winterjacke, die nur den Fehler hatte, keine schwarze Lederjacke zu sein.

Wir standen jetzt ganz oben. Wir ließen einen vor, weil wir zusammen bleiben wollten, der ging grußlos rein, Berliner Höflichkeit eben. Eine Minute später waren wir selbst an der Reihe.

Es gefiel mir eigentlich ganz gut da. Ich ging rein, wie ich immer in unbekannte Orte ging, nämlich neugierig und gleichzeitig blind. Das erste, was ich bewußt wahrnahm, waren zwei Ledertypen, die sich schwankend umarmten und zwischen die Beine griffen.

Sigrid sah sich nach Hockern um, aber ich wollte sowieso lieber stehen. Wir fanden Platz an einem der Stehtische und hörten ein paar Minuten der Musik zu. Dann holte ich Bier von der ziemlich langen, unübersichtlichen Theke.

Ein Typ an unserem Tisch wollte irgendwas, vermutlich Tabak oder Blättchen. Ich verstand ihn nicht genau, außerdem waren wir beide Nichtraucher. Vielleicht wollte er auch einfach nur reden. Niemand wollte mit ihm reden.

Ich sagte, ich mochte die Musik, die wir hörten. Der Laden gefiel mir, und die Leute gefielen mir im Prinzip auch. »Aber du kennst sie doch gar nicht.« Ich sagte, ich sei froh, daß ich mich in Berlin wieder wohl fühlen konnte, anders als in den letzten Jahren. Das verstand Sigrid nicht, und ich sagte, es hätte was mit Politik zu tun. Darauf fragte Sigrid:

»Triffst du Marion noch manchmal?«

»Nie. Außer manchmal in der Kneipe, wo sie jetzt arbeitet.«

»Das war ja auch alles blöd«, murmelte sie.

»Was?«

»Ach, damals.«

»Ja.«

Ich fühlte, wie ein Ruck durch meinen Körper ging. Ich sagte:

»Alles, was ich wollte, hat nicht geklappt, und alles, was ich nicht wollte, hat sich immer mehr ausgebreitet.«

Sigrid starrte auf den Tisch. Dann sah sie mich von der Seite an. Ich sagte: »Wir haben vorhin von früher gesprochen, aber diese Sache war damit nicht gemeint. Damals war ich wirklich gestört.« Sie fragte, was ich mit »gestört« meinte, und ich sagte, ich meinte es im klassischen, psychologischen Sinn. Wilhelm Reich hätte ein Buch über mich geschrieben.

»Als du mich kennenlerntest, hatte mein Ausbruch gerade begonnen. Man konnte wohl nicht erwarten, daß alles sofort funktionierte.«

»Du willst doch nicht behaupten, daß es mit uns nichts geworden ist, nur weil du eine blöde Kindheit hattest?«

»Davon gehe ich aus.«

Daraufhin murmelte sie wieder etwas. Sie sagte so ungefähr, sie hätte sich auch schlecht gefühlt. Sie hätte auch... Sie hätte immer gedacht, es läge an ihr. Sie sprach in eine andere Richtung und machte viele Pausen, in denen sie suchend gestikulierte.

»Wie bitte?« schrie ich gegen die Musik. »Was ist? Was hast du gesagt?«

»Ach nichts, ist schon gut.«

»Nichts ist gut!« schrie ich verzweifelt.

Aber Sigrid wollte nicht. Sie wollte nichts über früher sagen. Sie wollte es nicht wiederholen und war im Grunde froh, daß ich sie nicht verstanden hatte. Ihr abschließender Kommentar zum Thema war:

»Du und Ursi, ihr seid bestimmt immer zusammen.«

»Das glaube ich nicht«, sagte ich bitter.

Sigrid fragte, ob ich Schokolade wollte. Sie wiederholte die Frage sogar. Sie versuchte, an der Theke welche zu kriegen, aber die hatten nur Schokoriegel. Sie fragte, ob ich probieren wollte, ich sagte in Ursis Tonfall: »Einmal abbeißen«, und sie brach ein Stück für mich ab.

Die Musik wurde immer besser, und Sigrid wollte tanzen. Ich sagte, ich wäre noch nicht ganz in Stimmung. Sie sagte wieder sowas undeutliches, möglicherweise: »Dann bring dich in Stimmung.« Ich stürzte den Rest von meinem Bier herunter. Sie wog ihre Flasche in der Hand, stellte sie ab, nahm sie zurück und brachte sie mit zur Tanzfläche. Ich sah, wie sie die Flasche neben ein Dutzend anderer auf einen schmalen Raumteiler stellte.

Wir sprangen auf die Tanzfläche. Die Musik wurde laut, und die Lichter bohrten sich direkt in meine Augen. Ich kriegte keine Luft mehr. Ich spürte, daß ich betrunken war. Ich hatte immer noch die grüne Jacke an. Ich dachte, wie komisch, ich schwitze ja gar nicht. Ich schwitze nur am Kopf. Mit den Händen kämmte ich meine nassen Haare nach hinten. Ich sah Sigrid, die sich ausgelassen bewegte. Wir lachten, weil es wie früher war.

Das nächste Lied war nicht so gut, wir standen wieder am Rand, und sie fischte ihre halbvolle Flasche heraus. Falls es ihre war.

»Antons Bruder ist da«, rief sie: »Ich geh eben hin.«

»Wo?«

Sie zeigte auf einen dieser Schnurrbartmänner. Sie ging, und ich tanzte die nächsten Lieder alleine. Einmal sah ich sie wieder am Rand stehen. Sie prostete mir zu und hielt ihren Daumen nach oben.

Ich stand vor den Wandbecken und pinkelte viel und völlig

unbefangen. Eine Frau, die höchstens 1,50 groß war, stand neben mir und redete auf einen bärtigen Riesen sein. Im Waschraum unterhielten sich die beiden Ledertypen.

Als ich zurückkam, war ich müde und wollte nicht mehr tanzen. Ich entdeckte Sigrid ein paar Meter weiter weg. Sie sah richtig unglücklich aus. Sie kann doch wohl nicht gedacht haben, dachte ich, daß ich weggehe, ohne ihr Bescheid zu sagen.

»Ich habe Antons Bruder gefragt, ob sie uns nachher mitnehmen«, sagte sie, als ich wieder vor ihr stand. »Aber er hat mal wieder eine Eroberung gemacht, und sie wissen es noch nicht, wann sie fahren.«

»Ich kann dich ja nachher nachhause bringen.«

»Mit dem Taxi?«

Ich sah auf meine Reiseuhr und fragte, wann die U-Bahnen wieder fuhren. Sigrid ging wieder zu Antons Bruder und faßte seinen Arm an. Ich sah, wie er und seine Eroberung zu mir hinsahen.

•

Vor der Treppe zur U-Bahn dachte ich, jetzt werden wir bestimmt angebettelt. Aber dafür war es zu früh. Sigrid zögerte am Fahrkartenautomaten:

»Morgens sind manchmal Kontrollen.«

»Ich habe nichts dagegen zu bezahlen.«

Diese Art von schlechtem Gewissen kannten andere Leute wohl nicht.

Wir mußten in dieselbe Richtung und hatten auf jeden Fall ein paar Stationen zusammen. Nur wenige Leute standen auf dem Bahnsteig und warteten auf den ersten Zug.

Wir sahen auf dem Fahrplan nach und stellten fest, daß wir noch länger als eine Viertelstunde zu warten hatten.

»Zu ärgerlich«, sagte Sigrid. »In der Zeit hätte ich es auch zu Fuß geschafft.«

»Aber so hast du das Vergnügen, eine Viertelstunde mit mir auf dem Bahnsteig zu stehen.«

»Ich überlege, ob ich früher aussteige und noch zu Anton gehe«, sagte sie ernst. »Er ist auch sonst spät auf. Man kann sein Licht von unten sehen. Nur, wenn er nicht da ist, muß ich den ganzen Weg zu Fuß zurück.«

»Ja.«

»Jetzt sehen wir uns wahrscheinlich erst Montag abend wieder«, sagte sie unglücklich.

»Vielleicht schläft er schon.«

»Bestimmt nicht.« Sie blickte nachdenklich auf die Eisreklame. »Es ist vielleicht ganz gut nach gestern, wenn wir uns nicht sofort sehen.«

»Ja.«

»Es ist nur so blöd, alleine zu schlafen.«

»Ja.«

»Zu schade, daß du so früh zu deinen Eltern fährst. Du hättest bei mir schlafen können, und wir hätten mittags ein schönes, gemütliches Frühstück haben können.«

»Das wäre gut gewesen«, sagte ich. Etwas später schlug ich vor, das Frühstück »leicht vorzuziehen«. Sechs Uhr sei eine gute Zeit für ein Frühstück. Sie war sofort einverstanden.

Dann kam die Bahn. Wir fuhren ein paar Stationen und stiegen einmal um. Das war der Bahnhof, an dem wir uns sonst getrennt hätten. Wir gingen an einem Rudel uniformierter

Kontrolleure und zwei bewaffneten Polizisten vorbei. Wir fragten uns, ob die Leute, die wir sahen, noch zu dem alten oder schon zu dem neuen Tag gehörten. »Die Paare gehören zu gestern«, meinte ich.

»Deine Jacke paßt voll gut zu den Sitzen«, sagte sie.

•

Es war nicht viel zum Frühstücken da, eigentlich nur Toastbrot, und davon auch nicht gerade viel. »Wovon lebt ihr eigentlich am Wochenende, wenn wir jetzt alles aufessen?« Sigrid sagte, sie würde sowieso kaum Brot essen.

Sie fütterte die Vögel, sie holte die Schale aus dem Käfig und leerte den Rest der Vogelfutterpackung darin. Sie gab ihnen auch frisches Wasser.

»Wir sind jetzt fast 10 Stunden zusammen«, sagte sie. »Ich finde es toll, daß wir uns immer noch kennen.«

»Ja.«

»Ich mach schon mal mein Fenster auf.«

Sie lief aus dem Zimmer, und als sie zurückkam, sah ich die Form ihrer Brüste unter dem dünnen, weiten Pullover, den sie jetzt trug. Sie machte eine Geste mit den Händen, als schüttete sie Wasser in ihr Gesicht.

»Ich will jetzt schlafen«, sagte sie zufrieden.

»Ist gut.«

Sie sagte, sie wüßte leider nicht, wann die U-Bahnen sonntags fuhren. Ich schwieg und stellte umständlich die Teller zusammen. »Laß doch«, sagte sie.

Umständlich zog ich den Reißverschluß meiner grünen Jakke hoch.

»Hoffentlich sehen wir uns bald mal wieder.«

»Bestimmt.«

Wir waren kurz davor, uns die Hand zu geben.

»Einmal umarmen«, sagte sie an der Haustür. Wir schlossen uns fest in die Arme. Als sie mich losließ, ließ ich sie auch los. Dann ging ich langsam die Treppe herunter. Ich drehte mich noch einmal um, sie erwiderte meinen Blick und machte die Tür zu.

Als ich auf den Bahnsteig kam, sah ich den Zug schon am anderen Ende warten. Ich rannte sofort los. Ich war seit Wochen nicht mehr gerannt und geriet sofort außer Atem. Alle Türen standen offen, und der letzte Wagen war völlig leer. Später stieg noch ein alter Mann ein, und zusammen warteten wir mehrere Minuten, bis der Zug zu summen begann und schließlich abfuhr.

Ich kam auf der falschen Seite nach oben. Es schneite jetzt. Dicke, nasse Flocken fielen auf die nasse Erde. In dem Gang vor einem geschlossenen Imbiß wartete eine Prostituierte. Sie fror. Sie machte keine Bewegung.

Ich setzte meine Mütze auf und ging so nah wie möglich an den Häuserwänden. Ich wechselte zweimal die Straßenseite, weil ich meinte, auf der jeweils anderen besser geschützt zu sein. Gebeugt überquerte ich die großen Kreuzungen. Ich war jetzt froh, daß ich die Mütze hatte. Direkt an den Häusern war ein kleiner Streifen Pflaster ohne Schnee. Man mußte nur noch der Hundescheiße ausweichen.

•

»Wir haben dich nicht kommen gehört«, sagte Christoph, als er die Kerzen auf dem runden Frühstückstisch anzündete.

»Wo wart ihr den überall?« fragte Anna sehnsüchtig.

»Unter anderem in der Nähe eurer alten Wohnung.«

»Das widerliche Kreuzberg!« sagte mein Bruder. »Ich bin froh, daß ich da weg bin.«

Wir frühstückten friedlich und ohne Zeitungen. Sogar die Kinder waren ungewöhnlich sanft, vermutlich weil es Sonntagmorgen war und Eier mit Toastbrot gab.

Christoph meinte, es wäre noch zu früh zum Fahren, aber ich wollte den Wagen nicht verpassen. Tatsächlich brauchten wir eine ganze Weile, um den Schnee von der Scheibe zu kratzen, und der Motor sprang auch nicht sofort an. Als wir aus dem Hof fuhren, sahen wir Anna mit den Kindern am Fenster stehen und winken.

Vor der alten Klinik warteten wir im Wagen und sahen zu, wie die Windschutzscheibe langsam wieder zuschneite. Alle paar Minuten betätigte Christoph den Scheibenwischer.

Wir sprachen über die Zukunft und unsere Berufe. Christoph träumte von einer Stelle außerhalb Berlins. Er sagte, er haßte Berlin, den Smog, den Hundedreck, die Berliner und das Gefühl des Eingeschlossenseins. Ich warnte ihn vor der Bundeswehr, und er sagte, er würde natürlich vorher einen Anwalt fragen. Er wollte wissen, was ich als nächstes vorhatte. »Keine Ahnung«, sagte ich. Er sprach von seinen beruflichen Konflikten und stellte fest, er hätte sich bisher immer noch durchsetzen können. »Vielleicht kann ich mich auch noch durchsetzen«, sagte ich.

Dann wurde es elf. Ich sagte, ich würde mich jetzt in den Eingang stellen. Christoph wiederholte, es würde ihm nichts ausmachen, weiter zu warten.

»Aber ich will den Wagen nicht verpassen.«

»Man hat doch einen guten Überblick von hier.«

»Aber man wird nicht gesehen.«

»Okay.«

»Du kannst ja schon anfangen zu schrauben«, schlug ich ironisch vor.

»Für die Kinder war es ein wirklich tolles Geschenk«, sagte er ernst.

»Ich hoffe, sie wollen es noch eine Zeitlang behalten.«

»Bestimmt.«

Dann sagten wir auf Wiedersehen. Christoph ließ den Wagen an und ich stapfte durch den nassen Schnee auf das runde Tor zu. In der Telefonzelle standen ein Mann und eine Frau und küßten sich. Ich dachte, das ist bestimmt die Frau, die mitwill.

Ich stand unter dem Torbogen an der Schranke und wartete. Der Wind wirbelte die neuen Schneeflocken um meine Füße, und ich ging ein paar Schritte zurück, bis ich wieder geschützt war. Ab und zu lugte ich hinter dem Vorsprung hervor, ob ich das rote Auto sah.

TOTER PSYCHOLOGE

Es war der Tag nach Ostern, der Zug war voll mit jungen Rekruten, und ich mußte bis vorne zum ersten Wagen gehen. In Münster stieg eine große Studentin zu. Sie grüßte laut, raschelte mit ihren Papieren und ging zum Rauchen auf den Flur.

Während der Zug durch die Ruhrgebietsstädte glitt, sprach sie längere Zeit von ihren bevorstehenden Prüfungen. Kurz vor Köln wollte sie wissen, ob ich auch studierte. Ich sagte: »Ich bin auf dem Weg in die Zivildienstschule Trier.«

Sie wußte nicht, was das war. Ich auch nicht. Ich zeigte ihr den schriftlichen Befehl, einerseits mit höflicher Anrede, andererseits mit Strafandrohung für den Fall, daß ich nicht kommen wollte. Die Studentin fand es gut, den Kriegsdienst zu verweigern. Fand ich auch, und der Rest war zu kompliziert zu erklären.

Die anderen Zivildienstleistenden erkannte ich erst an der Bushaltestelle vor dem Bahnhof, und zwar an ihrem Gepäck. Ich trug den Seesack meines toten Onkels. Mit den kopierten Plänen in der Hand diskutierten wir über den richtigen Weg.

Als die Villa mit der Zivildienstschule in Sicht kam, behauptete ein Langhaariger, sie wäre »schön«. Schön fand ich sie nicht, nur alt, aber vielleicht kannte ich auch nur zu viele unangenehme Einrichtungen, die sich hinter »schönen«, alten Fassaden verbargen. Die Lage war schön, zugegeben, wie eine Burg auf dem Höhenzug jenseits der Mosel. Der Ausblick war schön, wenn auch zu laut.

Neben dem »schönen« Hauptgebäude stand ein moderner Flachbau mit den Unterrichtsräumen. Dazwischen war ein kleines Parkrondell, seitlich ein witzloser Ziergarten, zur Mosel hin eine kiesbelegte Terrasse. Das war wohl der Steinschlag, vor dem unten auf dem Weg gewarnt wurde.

Hinter der hohen, schweren Eingangstür war gleich das Sekretariat. An der Wand hingen Fahrpläne, ein Telefon und der verdächtige Hausbriefkasten. Der kleine Flur mündete in eine große Empfangshalle, wo ein paar breite Sessel standen. Eine seitliche Treppe führte zu einer Empore, von der aus die meisten Schlafzimmer zu erreichen waren. Unten gab es verschiedene Aufenthaltsräume, den meistens abgeschlossenen Speisesaal, die stundenweise geöffnete Bibliothek und mehrere Büros.

Am ersten Tag waren in dem rechten Aufenthaltsraum die Tische zusammengestellt, ungefähr wie bei Kommunalwahlen oder beim Schulzahnarzt. Unfreundliche Angestellte hakten die Namen ab. In einem Fragebogen sollte man seine »Hobbies« angeben.

Die Frau, die hier die Anweisungen gab, schenkte mir ein freundliches Lächeln. Ich verstand irgendwas akustisch nicht, da schnauzte sie mich gleich an, als wäre ich blöde. Kampfbereit schritt ich zur Handtuchausgabe.

Die machte der Verwaltungszivi, den ich auch gleich als nicht vertrauenswürdig einstufte. Einerseits teilte er unsere Lage, andererseits leistete er unübersehbar einen Beitrag zu unserer Kontrolle. Und das war wohl ein typischer Gedanke von mir, in Christophs alter schwarzer Lederjacke, in dieser merkwürdigen Welt Mitte der achtziger Jahre.

Ich kam auf ein Nichtraucherzimmer. Ich wußte erst nicht, mit welchen Leuten, aber jedenfalls waren das nicht die, die mir schon aufgefallen waren.

•

Weil das Bett am Fenster durch ein Handtuch reserviert war, wählte ich das obere Etagenbett. Wenn ich dort lag, mußte ich nichts sehen außer der Decke und einem Spruch, den ich vergessen habe. Und vielleicht noch den Kopf desjenigen, der unvermeidlich zur Tür reinkam, aber auch nur dann, wenn gerade kein aufgeklapptes Buch dazwischen war.

Während ich den Schrank einräumte, die Bücher und Papiere ins Schließfach legte, lernte ich den Hattinger kennen, der nebenan mit den Laken kämpfte und später seinen Radiowecker einstellte. Jede Minute erwähnte er mindestens zweimal seine »Freundin«. Ich wollte wie immer meine Vorurteile wiederlegen, aber wie fast immer sollte sich zeigen, daß sie ganz berechtigt waren.

Da noch Zeit war, gingen wir zusammen in die Stadt. Dort trennten sich unsere Wege sehr schnell. Der Hattinger suchte Ansichtskarten für seine »Freundin«. Ich fand den linken Buchladen, sah mich schweigend um, kaufte eine Stadtzeitung und ließ mir den Weg zum einzigen alternativen Café beschreiben. Ich las die handgeschriebenen Tafeln mit den Müslisorten und beobachtete die sorglos und weich erscheinenden Leute. Langsam wurde mir klar, daß sich hier niemand für mich interessieren würde.

In der Schule fand dieser Einführungsvortrag statt, vorwiegend organisatorische Sachen, mehrere Redner spielten sich routiniert die Bälle zu, und ich kam mir ziemlich blöde vor, eins von 80 Kälbern, ab und zu muhte jemand dazwischen.

Der erste Abend, niemand wollte auf die Zimmer gehen, wir standen stumm in der Gegend rum und belauschten die ersten Gesprächsgruppen. Dann war ich bei denen, die sich auf der holperigen Wiese ein Frisbee zuwarfen. Ein alter Mann, der auch irgendwie zur Verwaltung gehörte, sah uns, auf seinen Stock gelehnt, gütig lächelnd zu. Und das war der erste Mensch dort oben, den ich richtig haßte.

•

Wenn es besonders schlimm wurde in Trier, zog ich meine alten Lederturnschuhe und ein umgedrehtes Sweatshirt an und rannte wütend die Mosel entlang. Sowas machte ich sonst nie, oder nur zweimal im Jahr, aber dort paßte es. Rennen im prasselnden Regen, keuchend Luft holen unter der lauten Autobrücke. Das war ein alter Treidelpfad entlang der Mosel, zumindest sah er so aus, asphaltiert inzwischen, und bestimmt schädlich für meine Knie. Ich wollte schneller als die Schiffe sein. Das Aufwärmen machte ich auf der Treppe, die von oben direkt ins Tal führte. Eine Seite hin, dann über die Römerbrücke, dann die andere Seite zurück. Ich spuckte in die Böschung wie ein Tb-Kranker und sah aus irren Augen die Angler an.

Die übrigen Sportmöglichkeiten waren ziemlich lächerlich, noch eine Wiese, ein selbstgestricktes, schlaffes Volleyballnetz und eine Tischtennisplatte ohne Schläger. Der desinteressierte Freizeitbetreuer bot drei Schwerpunkte zur Auswahl an: Töpfern, Makramee und Glashausbau. »Ich bin der Horst, im Freizeitbereich sollte das Du selbstverständlich sein.«

Sobald es dunkel wurde, floh ich in die Stadt. Ich ging zu viel zu Fuß, immer mit dem verräterischen Plan in der Hand, immer die Hauptstraßen entlang, die meistens vor angestrahlten Kirchen endeten.

Mein Vierbettzimmer war im ganzen erträglich. Das waren die ersten Süddeutschen meines Lebens, ein netter Elektrotechnik-Student aus Ludwigshafen und ein coumputerbegeisterter Schwabe, der in seinen wasserdichten Kleidern aussah wie gezeichnet von Manfred Deix. Ich kam ganz gut mit ihnen zurecht, und der Hattinger mit seiner »Freundin« wurde auch immer stiller. Wenn auch nicht sein Radiowecker.

Die Vereinbarung war, wer spät kam, machte nicht das Licht an. Ich war fast immer der letzte, und weil die Leiter gegen das Hochbett knallte, nahm ich sie ab und turnte ab da immer so nach oben. Wie habe ich geschlafen, weiß ich nicht mehr, jedenfalls nicht viel.

•

Der zweite Mann der Schule, ein gefährlicher, kleiner Dicker, stand an der Tafel, schrieb die wichtigsten Wörter auf, und wenn sie nochmal drankamen schlug er mit zerbröckelnder Kreide darauf. Er war die perfekte Einmanndiskussion, und sein erschöpfendes Thema waren »Rechte und Pflichten des Zivildienstleistenden.«

Ich konnte mich ein einziges Mal nicht zurückhalten und stellte eine höfliche Frage. Daraufhin sagte er, ich solle ihn »mal privat darauf ansprechen«. Das war sowieso eine seiner Lieblingsfloskeln. Bei »privaten Wehwehchen« möge man »auf ihn zugehen«, zum Beispiel falls »der eine oder andere« etwa beabsichtige, sich umzubringen. »Ich bitte sie!« schrie der ehemalige Berufssoldat, mit ausgebreiteten Armen wie ein Erlöserengel. »Tun sie das nicht!«

Achim aus Bielefeld war weniger schüchtern. Schön und gut, den sich vorstellenden, modernen Dozenten ins Wort zu fallen, aber mußte es gerade dadurch sein, daß er nach ihrer beruflichen Qualifikation fragte? Um befriedigt feststellen zu können, er hätte dieselbe?

Achim sagte bestimmt viel richtiges. Er sagte, was er dachte, und das waren oft diese linksalternativen Gemeinplätze, die eben größtenteils richtig waren. Etwas richtiges hatten. Leider nutzte er sie hauptsächlich zur Eigenwerbung, und statt sich auf dieser Basis mit anderen zu verbünden, strich er nur seine Überlegenheit heraus.

Es wurden drei Kurse angeboten, unter denen wählen durfte, wer sich von den Steuerungsversuchen der modernen Dozenten nicht beeindrucken ließ.

Der Mann, den ich mir aussuchte wie einen Gegner beim Kampftraining, war Psychologe. Er redete wie ein Psychologe und sah auch so aus. Seine Themen waren »Tod und Sterben« sowie »Hilfreiches Gesprächsverhalten«. Er setzte auf Beteiligung und versprach Rollenspiele und Experimente mit der Videokamera. Als der letzte Starfighter über die Mosel donnerte, machte er eine Pause für »die Konkurrenz«. Lacher. Seine Gruppe war die größte.

Nachdem die Schiebewände geschlossen waren, erklärte der Psychologe das Spiel. Man hatte seinen Nachbarn zu befragen und sich gegenseitig vorzustellen.

Meiner war 22, hatte einen Gesellenbrief als Goldschmied sowie Mundgeruch. Er verstand nicht, daß mir das Spiel mißfiel.

»Irgendwas mußt du doch gut finden?«

»Die Seilbahn?«

Alles, was der Typ später von sich gab, war Gehirnwäsche-Quark. »Meine Güte, das muß doch ungesund sein, wenn man von morgens bis abends was zu meckern hat...« Aber er hatte auch gute Seiten, er zeigte mir, wie man beim Laufen über Asphalt die Sohlen abrollt.

Die Leute setzten sich in den Kreis, das Spiel begann. Der Psychologe ließ sich duzen. Er fing nicht damit an. Er ließ andere damit anfangen.

Einige Leute fielen mir auf, zum Beispiel Popper 1, ein Gärtner der sich auf Oscar Wilde berief und im übrigen »jahrelang« Hippie gewesen war. Popper 2, der sympathische Reisekaufmann, erinnerte mich an meine Schulfreunde. Leute, die durchaus verstehen, was läuft, aber dagegen aufzubegehren fänden sie geschmacklos. Popper 2 stellte einen Pfadfinder aus Mühlheim/Ruhr vor, den Achim »reaktionär« fand, er fand ja sozusagen alles reaktionär, außer vielleicht, Soziologie zu studieren.

Achims Selbstdarstellung war umfangreich. Er erzählte von Männergruppen und Beziehungen, er betonte den Plural. Er hatte sogar ein echtes Kind vorzuweisen. Er behauptete, er hätte alle Formen politischer Arbeit hinter sich, auch »in den besetzten Häusern«.

Georg war Anthroposophenschüler, er redete ein bißchen davon, und ich dachte, wirklich tragisch, wenn man so wohlhabende, engagierte Eltern hat. Georg vertrieb wichtige Lektüre, die Zeitschrift der Zivildienstleistenden-Selbstorganisation und die Krankfeierbroschüre. Er war in Ordnung, aber für meinen Geschmack noch viel zu gutwillig.

Aber das war ja letzten Endes immer wieder festzustellen. Wie sehr sie alle anerkannt werden wollten, auch und gerade von den Autoritäten, die sie bekämpften. Auch die kritischen Leute waren froh, wenn sie ernst genommen wurden. Und der Psychologe nahm sie alle ernst.

Neben Georg Helmut, gelernter Fotograf, er fuhr einen alten Volvo und pflegte diese lakonische James-Dean-Art. Die James-Dean-Art, die man mit Ende 20 hat, genauer gesagt. Netter Kerl, den ich leider nicht erreichte. Während Popper 2 etwaige Rebellen geschmacklos fand, ärgerte Helmut sich über ihre Eitelkeit.

In drei runden Sätzen stellte ich meinen Josef vor. Der wurde von Achim auch gleich angegriffen (»Naturbursche, was?«) und versuchte seinerseits, mit meinem Fall kein Aufsehen zu erregen. »Er heißt Paul wie Paul McCartney«, sagte er aufgeregt. »Er bewundert die Seilbahn. Seine Hobbies sind Töpfern, Makramee und Glashausbau.«

Der Psychologe mußte »einmal nachhaken«, aber er kriegte nichts raus, was wichtig war. Auf Achims Frage erwähnte ich mein abgebrochenes Studium. Der Psychologe hielt mich für bescheiden.

An diesem Ort habe ich endlich begriffen, daß jeder männliche westdeutsche Jugendliche Rockgitarrist war bzw. werden wollte. Jeder! Manche malten noch zusätzlich oder schrieben Gedichte. Sie besaßen jeder zwei Gitarren (deren Fabrikate so wichtig waren wie die Automarken) und spielten in einer Band, die demnächst ihren ersten Auftritt hatte.

Der einzige andere, der das Wort sehr schnell und offensichtlich angeödet weitergab, hieß Dietmar. Den habe ich wirklich bewundert, weil er es wirklich geschafft hat zu schweigen. Er machte einfach nie den Mund auf. Er las bloß ständig Taschenbücher, ich entzifferte die Titel, und den Rest konnte ich mir denken.

•

Überall bildeten sich Klicken. Ich schloß mich der Dreiergruppe eines anderen Zimmers an. Hamburger Dirk trug immer denselben hellblauen Pullover, und man meinte den Fleck noch zu sehen, an dem jahrelang das Atomkraft-Nein-Danke Zeichen gesteckt haben mußte. Uli hatte Akne. Thorsten war ein schwarzbärtiger Fotografenlehrling, und ich fachsimpelte mit ihm über die Robot-Kameras, die ich von meinem Onkel geerbt hatte.

Der Fotograf machte in der Zivildienstschule kein einziges Foto. Wer fotografierte, war der nervige Hattinger aus meinem Zimmer. Morgen für Morgen stand er mit seiner Wahnsinns-Spiegelreflex vor dem Fenster und versuchte, die Aussicht zu fotografieren. Er wollte den Sonnenaufgang erwischen, aber so früh war das Wecken nun auch wieder nicht, und die Richtung stimmte glaube ich auch nicht.

Wir waren eine dieser vielen Klicken, die abends oder nachts die Stadt durchstreiften. Bis Mitternacht war Ausgang, danach brauchte man eine Genehmigung. Ich ließ mir zum Spaß manchmal eine ausschreiben, aber ernsthaft in Anspruch genommen habe ich sie, glaube ich, nie.

Wir waren wirklich nicht anspruchsvoll. Wir waren im Kino und im *Zirkus Roncalli*. Wir saßen in frisch gestrichenen Kneipen und leeren Diskotheken. Wir kamen überall zu früh. Durch die Stadtzeitung hatte ich einen kleinen Vorsprung, aber Hamburger Dirk holte schnell auf, indem er sie auslieh, durch natürliche Initiative und vor allem dadurch, daß er an den Wochenenden dablieb.

Ich war nicht besonders unternehmungslustig. Ich hatte nichts dagegen mitzukommen, weil ich nichts dafür hatte, in der Schule zu bleiben. Genau einmal habe ich mir den Videoabend angetan, *Woodstock* in der zensierten ZDF-Fassung, mit dem Anti-Drogen Kommentar über dem Jimi Hendrix Solo.

Ich trank jeden Abend eine Flasche Bier, und da ich sonst nie trank, reichte das auch. Es paßte zu dem Bild, das ich von mir hatte. Ich trank und dachte über meinen toten Onkel nach. Manchmal ging ich in die Zivi-Kneipe, jenen bedrückend kleinen, quadratischen Raum, wo zunächst wechselnde Leute, später immer derselbe, gegen Provision Flaschen verkauften. Dieser Ort war elend, und das schlimmste was ich je gemacht habe ist, Hamburger Dirk auf dem zu schnell laufenden Recorder die alten Kassetten vorzuspielen.

Die in Frage kommenden Lokale waren bald bekannt. Man saß um den Tisch rum und redete. Viel gab es nicht zu reden. Ich jedenfalls hatte Gründe, bestimmte Dinge zu verschweigen. Unter anderem zählten sie auch einfach nicht mehr.

Am niederschmetterndsten waren die Begegnungen mit anderen Leuten. Zwei oder drei davon waren ja noch auszuhalten, außerdem fiel man nicht unbedingt auf. Anfangs dachte ich allerdings, man würde mir meine peinliche Lage an der Nase ansehen. Im anderen Fall kamen sie mit großem Hallo von allen Seiten, holten sich Stühle heran, zerrten die Tische zusammen und fingen an, ihre Pausengespräche zu führen.

Ich war selten allein. Ich machte keinen Versuch, Einheimische kennenzulernen. Ich hatte keine Lust auf das ganze Elend, ich unterbrach die Männerwitze durch gezielte Unverschämtheiten, ich weigerte mich hinzusehen, denn ich dachte, das gehört doch auch dazu.

Zwei-, dreimal bin ich Besucherinnen in der Villa begegnet, und das war jedesmal ein Stich, schmerzhafter Beweis des falschen Lebens, das mich wieder einmal eingeholt hatte. Seit Einführung der Koedukation hatte ich keine ähnliche Beschämung erlebt. Und insofern war es doch schlimmer als Jugendherberge, wo man ja wenigstens zusammen Tischtennis spielen kann oder Küchendienst hat.

Die ideale Form der Kommunikation waren Feten, Studenten- oder Jugendzentrumsfeten. Einzutauchen in die Masse, die sich nicht im geringsten von anderen Massen unterschied. Dieselben Lieder wie Zuhause (ein Begriff, der plötzlich entstand). Bewegung, Tanz, Gedränge. Hier störten auch die anderen nicht, im Gegenteil, es machte sich gut, es machte unverdächtig, wenn man gelegentlich mit einem Begleiter schreiend ein Wort wechseln konnte oder verschwitzt einen Schluck aus seinem Plastikglas nahm. Verstohlene Blicke und eine vorsorgliche Aufmerksamkeit, mehr wäre auch sonst so gut wie nie passiert, und insofern war das schon fast wieder normal.

Zu Rockkonzerten ging ich in der Zeit nicht, der Ekel war noch zu frisch.

•

Anfang der zweiten Woche durften bzw. sollten die Insassen einen »Vertrauensmann« wählen. Dieser sollte auch und vor allem mit dem Schulleiter »vertrauensvoll zusammenarbeiten«. Ich fand es peinlich, daß sich überhaupt Leute für den »Wahlausschuß« meldeten. Moralische Münchener, widerliche Typen, die sich die zweifelhafte Ehre nur allzugern an ihre Jeansjacken hefteten. Mich wollten sie auch überreden, als wir uns nachts vor dem Kühlschrank trafen. Zur Kandidatur und zum Organspenden. Als ich beides ablehnte, nannten sie mich »unsozial« und analysierten »eine Einstellung, die im Terrorismus endet«.

Achim ließ sich gerne aufstellen. In der Wahlversammlung gab er sich radikaler denn je, offenkundig inspiriert von dem jungen Schulleiter, der gütig lächelnd in der Tür stand. Achim bekam 18 Stimmen einschließlich meiner, sein Konkurrent mehr als 50. Der hatte erklärt von Politik keine Ahnung zu haben. Er sei »mehr für die Freizeit«.

Was die 18 von den 50 trennte, war die Kenntnis von beispielsweise Paragraph 54 des Zivildienstgesetzes:

»Mit Freiheitsstrafe bis zu drei Jahren wird bestraft, 1. wer die Befolgung einer dienstlichen Anordnung dadurch verweigert, daß er sich gegen sie auflehnt oder, 2., wer darauf beharrt, eine dienstliche Anordnung nicht zu befolgen, nachdem diese wiederholt worden ist.«

Viele machten sich und mir vor, sie wären auf wundersame Weise »freiwillig« oder »fast freiwillig« da. Das waren natürlich

Gehirnwäschesymptome. Familie, Schule/Lehre und jetzt diese unwesentliche Variante des Soldatenlebens: Im Grunde genommen war das doch eine fast lückenlose Kette demokratiefreier Räume. Und mir fiel das nur auf, weil ich mir, sozusagen als Ausgleich für die anstrengenden Kurzschuljahre, ein paar Jahre Ferien gegönnt hatte.

Sie bildeten sich ein, sie wären hier in Urlaub. Die Umgebung verführte manchmal dazu. Auch ich ließ mir die Sehenswürdigkeiten zeigen, nämlich von einem Lateinlehrer, der Berufsverbot hatte und nebenbei schriftstellerte. Ich weiß nicht, worüber die nachdachten. Ich dachte darüber nach, die Porta Nigra zu sprengen.

Früher hat man die unzuverlässigen Kompanien dezimiert, dachte ich, heute wird einfach jeder 10. als Verweigerer anerkannt, was, bei gleichzeitiger Verwandlung in dankbar lallende Staatsbürger, entschieden das ökonomischere Verfahren sein dürfte. Leicht auszumalen, wie sich der Ton im Kriegsfall ändern dürfte. (»Verteidigungsfall«, sagte der Schulleiter. »Ernstfall«, sagte der Psychologe.) Dann werden die Kreidestückchen wohl doch gegen Pistolen getauscht, und ihre Besitzer wird man auch nicht mehr duzen wollen, nehme ich an. Den kleinen Dicken müsse man »rechtzeitig erschießen«, sagte ich zu Achim, und fühlte mich wie der junge Hemingway.

So sieht das nämlich aus, dachte ich wütend, am Ende ergibt das eine ganz normale Biographie, die sie denen, die verzweifelt sind und mittendrin stecken, auch noch hämisch unter die Nase halten können.

Nichts habe ich verändert, dachte ich wütend, und seit Jahren habe ich nichtmal mehr protestiert. Oder nur gegen diejenigen von uns, die einem das Wort abschnitten oder sich sonstwie daneben benahmen.

1984 ging vorbei, und Big Brother trat immer noch freundlich grinsend in den Talkshows auf. Also wandelte ich mich zum sarkastischen Erwachsenen. Ich wollte nicht mein Leben lang Liebeskummer haben. Ich zuckte die Schultern und begann darauf zu achten, welche Farben mir am besten standen. Als ich die Uni verließ und haufenweise unangenehme Briefe bekam, kämpfte ich mit all meiner eher unfreiwillig gesammelten, juristischen Erfahrung um die Anerkennung als Kriegsdienstverweiger. »Schade ./. BRDeutschland« stand an der Gerichtstür, aber so war das nicht ganz. Der Richter nickte, und ich sprang von der Schippe. Wie hätte ich stolz darauf sein können.

•

Mein langersehnter konstruktiver Beitrag war, ich besorgte mir eine Sechserpackung Ohropax. Das zweite Mal in meinem Leben, das ich welche brauchte (das erste Mal, um in Essen-Kray trotz Straßenlärm im Garten sitzen zu können), und ich registrierte enttäuscht, daß die kleine Dose nicht mehr aus Blech war. Ich weiß nicht mehr, was der Anlaß war, die Eleganz meiner bisherigen Haltung zu gefährden. Vielleicht lags am Thema, »Tod und Sterben«. Ich wollte mich nicht so recht von dem fetten Psychologen zwangssensibilisieren lassen, während zuhause mein Vater auf seine lebensgefährliche Herzoperation wartete.

Ich verstopfte mir erstmals die Ohren, als eines langweiligen Nachmittages der gütig lächelnde Schulleiter auftauchte. Ein paar Gehirnwäsche-Idioten wollten ausgerechnet mit ihm das »Selbstbild der Zivildienstleistenden« erörtern. Achim fehlte, ich fragte ein paarmal nach dem Disziplinarrecht, dann erwischte ich einen Blick von Dietmar und verschloß meine Ohren.

Zunächst bemerkte das keiner, obwohl ich immer öfter, wie Dietmar und inzwischen einige andere, ein Buch auf den Knien hatte. Ich las die ganzen sarkastischen Krimis aus der Bibliothek, sozusagen die Fachliteratur. Ich konnte mich aber nur schlecht konzentrieren, die Dämmung war nicht perfekt, und so ertappte ich mich immer wieder dabei, daß ich den Sinn der verstümmelten Worte zu erraten versuchte.

Zum Aufruhr kam es erst nach zwei Tagen, als mich der Psychologe wegen des Krimilesens drannehmen wollte. Dietmar merkte sich seine klassischen Worte: »Du, wenn ich sehe, wie du hier die Gruppe störst, kommt in mir ein Gefühl wie Trauer hoch.«

Ich schaute über meine Schulter wie Chaplin in *Monsieur Verdoux*. Ich rupfte die Ohropax aus den Ohren wie Obelix die Petersilie und fragte unsicher grinsend: »Wie bitte?«

Selten hat sich ein moderner Mächtiger so schön entlarvt. Sein wüstes Geschrei taugte nichtmal mehr als Fallbeispiel für »Hilfreiches Gesprächsverhalten«.

Es gab eine erregte Diskussion, in der auf Anregung des Psychologen mehrere Gehirnwäsche-Idioten behaupteten, von meinen verstopften Ohren gestört worden zu sein. Sie hätten es zwar bisher nicht gemerkt, aber nun da sie es erfahren hätten, fühlten sie sich nachträglich gestört. Auch mein Lesen sei, obwohl noch fünf andere lasen, »provokativ«. Vermutlich klapperte ich zu laut mit den Seiten.

Das war die Situation, wo Dietmar mir half, und zwar indem er einfach ruhig und vernünftig war. Und Mundgeruch-Josef trumpfte zum 37. Mal mit seinem originellen Redebeitrag auf:

»Meine Güte, wenn man von morgens bis abends was zu meckern hat, das muß doch ungesund sein!«

»Nein«, widersprach ich erstmals, »im Gegenteil.«

Er schwieg einen Moment verblüfft.

»Ich meine«, sagte er mühsam, »ist das nicht ungesund? Es müßte doch eigentlich ungesund sein, wenn man...«

»Ganz und gar nicht. Amerikanische Wissenschaftler haben herausgefunden, daß unterdrückter Ärger viel ungesunder ist. Es gärt und gärt, und schließlich kriegt man Krebs davon.«

»Oh. Ich meine nur, aber ist es denn nicht ungesund, wenn...«

»Einzelgespräche sind für die Gruppe uninteressant!« schrie der Psychologe wütend.

Josef schwieg verbittert und hat ab da immer geschwiegen, bis auf die Schlußkritik, wo er plötzlich die unterdrückte Minderheit war.

Ja, das war lustig. Es war schon ein besonderes Erlebnis, einen dieser penetrant Gewaltfreien, im Kreis sitzenden Gewaltfreien, wutentbrannt aufschreien zu hören: »Ich möchte dir am liebsten eins in die Fresse hauen!« Ich war damit nicht gemeint. Ich tat ihm »nur noch leid«.

Ich muß zugeben, ich war der Achim des Tages. Achim hatte sich die ganze Woche krankschreiben lassen, was angeblich nicht ging, aber als er es probierte, ging es eben doch.

Zum Abschluß schenkte ich dem Psychologen das Copyright an meiner Idee. Inkonsequenterweise teilte ich ihm doch noch mit, was ich von allem hielt. Oder vielmehr, ich teilte es den anderen mit, und als der Psychologe bat: »Sprich mich doch direkt an«, machte ich es einen halben Satz lang, dann fragte ich: »Wieso eigentlich?« und sprach wieder so, wie ich wollte.

Der angedrohte Verweis kam nicht zustande, vermutlich weil er sie keine nicht lächerliche Begründung fanden. Der Psychologe machte tagelang einen deprimierten Eindruck, und als die Dozenten wechselten, ließ er sich in den anderen Gruppen bemitleiden. Ob das echt war, kann ich nicht sagen, solche Leute instrumentalisieren ja alles, auch das echte, eigene Leid.

Das einzige was passierte war, daß mich der neue Dozent aufstehen ließ und bedeutungsvoll »Aha« sagte. Das reichte nicht, mich zum Außenseiter zu machen, zumal ich mich demonstrativ für Sport zu interessieren begann.

•

Der Höhepunkt des schulischen Freizeitangebots war ein Volleyballspiel gegen die Bundeswehr. Man mußte seinen Paß abgeben und sich auf einer aushängenden Liste bekennen. Ein paar Abende übten wir an dem selbstgestrickten Volleyballnetz, und daß ich dabei eine gute Figur machte bewies nur, wie schlecht die anderen waren. Ich war noch in meiner Karateform, allerdings hatte ich mich in Trier kaum bewegt. Ich schlief zu wenig und trank zuviel Kaffee, Cola und Bier. Das Essen war auch zu fett, und in der zweiten Hälfte schleppte ich die übliche Grippe mit mir herum.

Ein paar Tage vor dem Spiel waren die zwei Stunden Dienstsport, die harmlos waren, ganz anders als befürchtet. Ein grauhaariges, ganz unmilitärisches Männchen ließ uns altmodische Fußballgymnastik machen. Kommandoton war nicht zu hören, höchstens später meinerseits, als ich wie immer das Spiel gewinnen wollte.

In der Kaserne war es auch anders als befürchtet. Keine riesigen Arenen johlender Wehrpflichtiger... Die gab es da sowieso nicht, in diesem Fernmeldebataillon, bloß ein paar mittelalte Herren, ganz zivil wirkend in ihren Turnsachen, vielleicht etwas eckig in den Gesten. Man gab sich altmodisch die Hände. Der gelangweilte Freizeitbetreuer und ein Fan nahmen auf der leeren Tribüne Platz. Wir pritschten uns nervös die Bälle zu und warfen Seitenblicke auf die Soldaten. Der Boden war rutschig, und ich zog meine Schuhe aus.

Wir verloren das erste Spiel aus Nervosität, aber dann gewannen wir alle anderen. Die Soldaten schüttelten uns nochmal die Hände und behaupteten, ihre besten zwei Spieler wären krank.

Anschließend ging es auf eine Runde Mineralwasser ins Offizierskasino. Der Kellner war der einzige, der Uniform trug. Man bemühte sich, eine höfliche Konversation in Gang zu bringen. Der Nachrüstungsbeschluß wurde nicht diskutiert.

Einen von den Soldaten fand ich ganz sympathisch. Er erinnerte mich an meinen toten Onkel. Der war auch Soldat gewesen, und hatte schließlich trotzdem Gedichte geschrieben. Natürlich gibt es sympathische Soldaten, dachte ich. War das ein neuer Gedanke für mich? Das nicht, und es war auch nur einer von mehreren Gedanken.

•

Einmal hätte ich Sigrid treffen können. Sie war in Frankfurt in der Zeit, wir schrieben uns alle paar Wochen, das heißt sie schrieb alle paar Wochen, und ich antwortete immer postwendend.

Ich lag vollständig angezogen, mit den zu weiten Schuhen und Christophs alter Lederjacke, auf dem Hochbett und las William Faulkner, *Moskitos.* Jemand riß die Tür auf und fragte: »Wohnt hier ein Paul Schade?« Ich kletterte vom Bett und rannte nach unten.

Der Apparat hing an der Haustür, neben einer nach Zimmern geordneten Namensliste. Ich hob den Hörer und fragte:

»Ja?«

»Hier ist Sigrid.«

Ich sagte nichts. Sigrids Stimme fragte:

»Wie gehts?«

»Es geht. Und dir?«

»Mir gehts super.«

Die Tür ging knarrend auf, mehrere Leute stiefelten angeberisch herein, und ich verstand die nächsten Sätze nicht. Ich hielt mir krampfhaft das freie Ohr zu. Sigrid sagte, sie könnte mich gut verstehen.

»Hast du meinen Brief bekommen?« fragte ich.

»Den mit dem Stadtplan? Aber das ist doch viel zu kompliziert. Ich wollte sowieso lieber mit dem Motorrad kommen. Ich kann dich doch in der Schule abholen.«

»Das möchte ich nicht.«

Sie wollte wissen, warum nicht.

»Erstens will ich keine Minute länger bleiben, als ich unbedingt muß. Zweitens will ich es trennen.«

»Trennen?«

»Es... du weißt nicht, wie es hier ist. Außerdem habe ich keine Lust auf die blöden Bemerkungen.«

»Ach«, sagte sie enttäuscht.

Ich hakte nach, wann sie kommen wollte.

»Frühestens Samstag«, sagte sie kühl.

»Erst Samstag?« fragte ich erschrocken. Sie wiederholte es. Sonntag abend müsse sie zurück sein. Ob es in Trier wohl eine Jugendherberge gäbe.

»Ich miete uns ein Hotelzimmer«, sagte ich.

»Uns?«

»Ja klar. Am Wochenende hat man doch frei.« Dann fragte ich, ob sie nicht etwas länger bleiben konnte, »damit es sich mehr lohnt.«

»Wie meinst du das?«

Das klang ärgerlich, und ich dachte, jetzt sind wir wieder da, wo wir aufgehört haben. Ich sagte, ich würde nicht gern bleiben. Ich sprach von einem »Risiko«. Ich sagte, ich könne nur dableiben, wenn ich eine »Alternative« hätte. Sie sagte, ich solle mir doch alleine ein Zimmer nehmen. Ich sagte: »Du weißt nicht, wie das hier ist. Die ganze Stadt ist ein Schulhof.«

Wir schwiegen lange Zeit. Es schellte zum Essen. »Was war das?« fragte Sigrid. Eine Menge Leute kamen vorbei, manche grüßten oder machten Bemerkungen. Einer fragte: »Ist sie schwanger?« Ich stand immer noch da mit dem Telefonhörer am Kopf. Ich drehte mich langsam zur Wand.

Sigrid sagte: »Ich glaube, ich muß Schluß machen.« Ich murmelte was von Gebühren und zurückrufen. Sie sagte, sie rief aus dem Verlag an. Ich entschuldigte mich. Ich stünde unter Druck, und ich würde so gerade zurechtkommen. Ich könnte mir nicht erlauben, alles nochmal aufbrechen zu lassen.

Ich bot noch an, mit der Bahn nach Frankfurt zu kommen und argumentierte mit meiner Zivildienstermäßigung. Ich sagte, ich könnte auch bei Weko übernachten. Aber nein, wir beschlossen uns zu treffen, wenn sie das nächste Mal ihre Mutter besuchte. Ich sagte noch:

»Ich habe dich so gern.«

»Ich weiß.«

Wir schwiegen lange Zeit. Sigrid lachte. Sie sagte tschüß und legte auf.

Ich ging rüber in den Speisesaal, der schon fast wieder leer war. Ich goß mir diesen halb kalten Hagebutten Tee ein. Roter Tee, verdammt nochmal! Wie im Krankenhaus, wenn sie dir mit 10 den Blinddarm rausnehmen und du zum ersten Mal Heimweh hast.

•

Auf der letzten Rückfahrt, auf dem dunklen, langen Bahnsteig in Koblenz, nach einem späten Kaffee im Bahnhofsrestaurant, traf ich Achim. »Wieder gesund?« fragte ich spöttisch. Wir stiegen zusammen in den wartenden Zug und setzten uns in ein dunkles Abteil.

Ich erzählte ihm, was er verpaßt hatte. Ich sprach von der »verdammten Klassensprecherrolle« und nannte sie »die größte Falle überhaupt«. Wider Erwarten war Achim ganz zugänglich. Bei aller Kritik mochte ich ihn ja doch ganz gern, oder jedenfalls hätte ich ihn gern gern gemocht.

Ich sagte: »Du hast anfangs mal erzählt, du hättest mal Häuser mit besetzt.« Es stellte sich heraus, er war nur einmal, und zwar für eine halbe Stunde, in einem besetzten Haus »gewesen«. Er hätte das immer gut gefunden, sei aber »mit den Härteleuten nicht klargekommen.« Er stellte die Gegenfrage. Ich beantwortete sie.

Er hatte überhaupt keine praktische Erfahrung, in keinem der so plakativ beanspruchten Gebiete. Noch viel weniger als ich, und ich hatte auch schon nicht viel.

Er war nur ein typischer Seminarlinker. Einer, der in langweiligen Vollversammlungen am Saalmikro steht und die Stalinisten entlarvt und stolz darauf ist. Der alle alternativen Bewegungen mitbekommen hat, aus der TAZ, der auf jeder Welle plätschert, ein typischer, wohlinformierter Ignorant. Visitenkartengleich reichte er Bruchstücke dieses unverbindlichen Unikonsenses weiter. Leute, die wirklich in diesen Gruppen wurzelten, oder in einer dieser Gruppen, wie es wahrscheinlich nur sein konnte, waren ihm nicht geheuer. Dabei war ich nichtmal ein besonders beeindruckendes Exemplar.

Einer aus Trier, den wir nicht näher kannten, grüßte vom Gang aus, kam zurück und setzte sich kommentarlos zu uns. Typisch, der ganze Wagen war leer. Die Lichter flackerten an, und der Zug setzte sich in Bewegung. Ich knipste das Abteillicht aus. Nur vom Gang her schimmerte es trübe. Der andere hatte die Augen zu. Achim und ich redeten leise weiter, und wir schluckten, wenn der Zug in einen Tunnel fuhr.

Achim sagte: »In der Schule markiere ich den starken Mann, aber am Wochenende kriege ich regelmäßig mein' Breakdown. Mein ganzes soziales Umfeld wird mitbestraft. Meine Beziehungen sind doch nicht dafür da, mich für den Alltag fit zu machen.«

Das war es, was mich an Achim störte. Achim sprach wie der Psychologe.

Als er kurz darauf fragte, ob ich bei »Aktionen« mitmachen wolle, lehnte ich ab. Ich sagte, es sei zu spät dafür und vertrat die Meinung, daß Reden und wirksames Handeln sich ausschlössen. »Wir haben doch beide schon viel zu sehr auf uns aufmerksam gemacht.« Aber es war auch so, daß ich Achim einfach nicht traute. Und im übrigen wußte man nicht, ob der Zivildienstleistende in unserem Abteil wirklich schlief oder nur so tat.

•

In der letzten Woche stand »Politische Bildung« auf dem Stundenplan. Neue Dozenten des Bundesamtes für den Zivildienst reisten an und stellten sich in der üblichen Prozedur vor. Ich wählte den schnauzbärtigen Pseudoalternativen, der mich über »Jugend 85« aufzuklären versprach. Er begann mit einem Fragebogen (»Wie ist das Verhältnis zu ihren Eltern?«), den ich natürlich boykottierte, das heißt mitnahm. Die Fragen stammten aus einem dieser blöden Jugendkultur-Taschenbücher, mit deren Daten (»0,25 Prozent sind Hausbesetzer oder Punker«) er das Ergebnis anschließend verglich.

Er zeigte ein unerträgliches Video von einer sogenannten Projektemesse, das abwechselnd drei tanzende Frauen im Gegenlicht und dumme Irgendwie-find-ich-mich-da-nicht-wieder Wortbeiträge enthielt. Er meinte, wir sollten alle schnell alternativ werden, dort gäbe es noch massenhaft Arbeitsplätze.

Der Gipfel war aber ein zweites Video, mit dem er die aus ganz unterschiedlichen Gründen entstandene Unruhe besänftigen wollte. Es porträtierte diesen Schweizer Schwätzer, der sich sympathisierend ahnungslos über die 80/81er Straßenkämpfe auslassen durfte, bzw. seine unerhebliche Korbsesselphilosophie mit Bildern davon untermalen ließ.

Höhnisch und rücksichtslos griff ich den Dozenten an. Der verstand gar nicht: Es wäre doch mutig von ihm, in dieser Umgebung einen derart kritischen Film zu zeigen.

»Er ist nicht derart kritisch«, sagte ich, »er ist derart Scheiße.«

»Aber er berichtet doch positiv...«

»Er berichtet falsch, und deshalb ist er Scheiße.«

»Merkst du denn nicht«, fragte er verzweifelt, »daß du mir den ganzen Unterricht kaputt machst?«

Ich sagte, im Gegensatz zu ihm wäre ich nicht freiwillig da. Jeder stünde unter Zwängen, sagte er. Mehr oder weniger, sagte ich. Er sagte, er hätte auch schon an Aufhören gedachte und würde sich demnächst vielleicht einer freien Theatergruppe anschließen. Das ändere nichts an seiner »derzeitigen beschissenen Kollaboration«, meinte ich. Der Dozent murmelte etwas von seinen »Schwierigkeiten dabei«. Er signalisierte immer wieder, er sei doch eigentlich ein Linker.

Ich sagte: »Ich habe keine Lust, mir das anzuhören.«

»Du brauchst es dir doch nicht anzuhören.«

»Doch.« Und das war die Wahrheit. »Du kannst mich ja beurlauben, wenn ich störe.«

»Klar kannst du gehen...« fing der Dozent leise an.

Vor dem »aber« war ich aus der Tür. Ich wußte, der durfte mich gar nicht beurlauben, und vermutlich hätte er noch gesagt, daß ich in der Nähe bleiben sollte. Mit einem Thema von ihm.

Ich packte eilig meine Sachen und ging zum Bahnhof. Das war am Tag vor dem ersten Mai; ich widmete meinen Streik der historischen Arbeiterbewegung. Ich gewann zwei Stunden, aber wegen der schlechten Verbindungen verlor ich sie wieder unterwegs.

Das ist alles, was ich in Trier tat, einmal haute ich ab, einmal verstopfte ich mir die Ohren. Niemand hat konsequent rebelliert, oder nicht daß ich wüßte. Zwischenrufe gab es, unterschwellige Geräusche, Walkman hören und in einem Kurs eine demonstrative Nichtbeteiligung. Pinkelpausen ausdehnen, zu spät kommen und Krankmeldungen. Mittags schallten programmatische Lieder durch die Stockwerke *(Burning down the house)*, und zwei Tage vor Schluß hat Helmut nicht besonders konspirativ den Gong geklaut.

•

Auf dem bunten Abend trug einer der zahlreichen Gitarristen einen selbstverfaßten Blues vor. Der Refrain ging so: »Ja was gibt es denn hier / keine Frauen nur Bier / in der Zivildienstschule in Trier.« Dafür konnte ich nichts. Ich hatte nur den Reim auf »beschissen« geliefert (»vermessen«).

Es folgte ein Sketch, der die weiche Sprache des Psychologen veralberte. Der war nicht anwesend. Nur der Schulleiter saß hinten, hatte die Arme verschränkt und grinste wie ein Lektor. Der Freizeitbetreuer trug ein paar schlüpfrige Limericks vor. Man erwog, ein schrilles katholisches Traktat über Sexualerziehung zu verlesen. Der krönende und würdige Abschluß war die Vorführung eines verwackelten Videos vom bunten Abend des vorigen Kurses.

Dann saß ich mit Dietmar noch stundenlang in der Halle.

Wir tranken Bier und redeten. Dietmar sagte: »Du erinnerst mich an einen Freund. Du siehst ihm ziemlich ähnlich, und du redest auch so.« Ich sagte, es gäbe überall dieselben Leute. Das war meine damalige Theorie, die einerseits auf Erfahrung beruhte, andererseits meine mangelnde Reiselust rechtfertigen sollte. Ich erkundigte mich nach den Büchern, die er inzwischen gelesen hatte.

Dann kamen andere. Es gab Leute da, die man schon wegen ihres Dialekts einfach nicht verstehen konnte. Wir hatten da so einen auf der Lehne sitzen. Er lächelte freundlich, wir auch, aber immer wenn er wegguckte, sahen wir uns ratlos an und zuckten verstohlen mit den Schultern.

Dann kam Achim. Hamburger Dirk wollte mit mir in die Stadt, aber ich war zu träge und fand es viel besser, mit Dietmar und Achim in den breiten Sesseln zu sitzen und Bier zu trinken. »Schließlich sind wir nie wieder hier«, sagte Dietmar beinahe wehmütig. Ein kalter Abend im Mai. »Tür zu!« schrien wir immer wieder gern.

Schließlich kam der junge Schulleiter aus seinem Büro. Er blieb eine Stunde lang vor uns stehen, allerdings war auch kein Platz mehr frei, und führte den demokratischen Dialog mit uns. Er kam aus der katholischen Jugendarbeit, daher das gütige Lächeln. Er war noch in der Probezeit. Achim fragte nach seinem Gehalt.

»B 12«, sagte er lächelnd.

»Wieviel ist denn das?«

»Viel.«

Er lächelte noch gütiger. Er erkundigte sich nach dem Ablauf unserer Verweigerungen. Dietmar sagte den längsten Satz, den ich je von ihm gehört habe, und für einen winzigen Moment war das gütige Lächeln verschwunden. Achim fragte, warum im Lesesaal nicht die TAZ ausliegen würde.

»Wir holen uns doch nicht den Erzfeind ins Haus«, sagte das gütige Lächeln.

Achim fand das Scheiße. Undemokratisch und Scheiße.

•

Am letzten Morgen hatten die Küchenfrauen schlechte Laune. An einigen Türen standen, wie ich gleich zu hören bekam, als müßte ich es schon wissen, »Schweinereien«.

Beim Frühstück saß ich Achim gegenüber. Neben uns war alles frei.

»Jedenfalls war es sehr leichtsinnig von den unbekannten Tätern«, sagte ich, »ihre verabscheuungswürdigen Parolen in Schreibschrift anzubringen.«

»Vielleicht waren die unbekannten Täter zu nervös, um sich das genau zu überlegen?«

»Denn jetzt könnten ihre verabscheuungswürdigen Parolen mit der Handschrift auf den Fragebögen verglichen werden.«

»Was für Fragebögen?« fragte Achim zerstreut.

»Die vom Anfang. Deine Hobbies und dergleichen.«

»Könnte es nicht sein, Paul, daß die unbekannten Täter ihre Fragebögen vorausschauend gleich in Druckschrift ausgefüllt haben?«

»Und die Ausgangsscheine?«

»Die auch«, meinte er, und lachte ziemlich dreckig. Kurz darauf ließ er nervös den Zuckerstreuerdeckel in seinen Kaffee plumpsen.

Auszahlung und Abreise wurden um einige Stunden verschoben. Wir standen genervt neben unseren Koffern und lauschten einem halben Dutzend triefender Ansprachen. Der Schulleiter sagte mit ernster Miene, auch Mitwisser würden sich strafbar machen. Nun, es gab keine Mitwisser. Sicher war nur, daß die unbekannten Täter wörtlich Achim zitiert hatten. Er war eben eine beeindruckende Persönlichkeit.

Das fand der Schulleiter auch und ließ ihn mehrfach ins Büro bestellen. Vielleicht ging es auch nur um seinen rechtzeitig verlorenen Zivildienstausweis, der einem unbekannten Finder noch monatelang Freifahrten zwischen Trier und Bielefeld ermöglichen würde.

Irgendwelche Gehirnwäsche-Idioten schlugen eine Sammlung vor, und als auch ihre Appelle an die sogenannte »Solidarität« erfolglos verhallt waren, wurde doch noch die Tür zu dem Raum mit dem gepanzerten Kassenhäuschen geöffnet, dann war Schlußverkaufsgedrängel, dann war schulfrei.

Bis Koblenz saß ich mit Achim und Dietmar im Abteil. Wir tauschten Adressen, für alle Fälle. Achim gefiel mir immer besser, er wirkte ausgelassen und geradezu glücklich. Der erste Vertrauensmann kam rein und sagte: »Na, ihr Chaoten!« Ich lachte mit den anderen, aber dann wurde ich müde und sah aus dem Fenster. Die Gegend kam mir bekannt vor, und wenig später sah ich vom Gang aus, durch ein im Fahrtwind klapperndes, halb offenes D-Zug Fenster, das Schullandheim meiner alten Schule.

Die Sigrid-Lieder

Jürgen kannte ein paar Leute, die trafen sich Sonntag nachmittags im *Garten.* Sie trafen sich zum Musikmachen wie andere Leute zum Fußballspielen. Sie schleppten ihre Instrumente und Verstärker herein und probten, bis die Putzfrau kam, manchmal auch länger.

Die Band hatte keinen Namen, aber drei Gitarristen und durchschnittlich zwei Sänger. In dem halben Jahr ihres Zusammenspielens hatten sie drei Stücke eingeübt, die sie jeweils auf Viertelstundenlänge ausdehnten, damit alle abwechselnd darüber »improvisieren« konnten. Die Stücke hatten jeweils zwei Akkorde und keinen Refrain, damit man beim »Improvisieren« nicht durcheinander kam. Wenn die Saxophonistin »improvisierte«, fing zum Beispiel ihr Hund an zu jaulen. Die Sänger sangen englisch oder jedenfalls kein Deutsch.

Zwischen den drei Stücken wurde diskutiert. Oder zwischen den Diskussionen wurden die Stücke gespielt. Hauptsächlich diskutierten die Gitarristen miteinander, und der Schlagzeuger las inzwischen die Zeitung. Die Saxophonistin stellte den Kaffeeautomaten an und ging mit ihrem Hund nach draußen.

Beim ersten Besuch wurde ich wie ein Ehrengast behandelt. Die Musiker kannten mich, das heißt sie wußten, oder glaubten, daß ich in der lächerlichen informellen Hierarchie der kleinen Stadt »wichtig« war. Sie fühlten sich beschwingt, weil sie glaubten, ich sei ein Fan. Als ich beim zweiten Mal mitsingen wollte, verdarb das einigen die Laune. Besonders den englischen Sängern. Aus Sportsgeist, Zeitgeist, Neugier und Gleichgültigkeit ließen sie mich trotzdem ans Mikrophon.

Die Musiker waren zu laut. Sie sagten, ich sei zu leise. Sie sagten, ich solle näher ans Mikrophon, ich sagte: »Ich will nicht die alte Spucke küssen.«

Diskussionen. Ortswechsel. »Stell dich mal hinter die Theke, damit es nicht so zurückkoppelt.«

Die Tür ging auf, und Marion kam rein. Sie beugte sich über die Theke und küßte meinen Mund. Es schmatzte aus den Lautsprechern. Sie ging nach hinten und holte das Putzzeug aus den alten Folterkellern.

Ich sang Deutsch. Ich sang die Schlagzeilen der schundigen Wochenzeitungen, die ich auf dem Weg zum *Garten* in den Schaufenstern der geschlossenen Schreibwarengeschäfte gesehen hatte. Außerdem konnte ich noch auf alte Gedichte aus meiner Schulzeit zurückgreifen (»Songs« hießen die ab jetzt). Die englischen Sänger konnten mich nicht leiden.

Dann fing Marion an zu putzen. Hinter der Theke, direkt vor der riesigen Box, hörte ich erstmals meine eigene Stimme (jedenfalls erstmals nach dem Stimmbruch). Ich war angenehm überrascht. Ich hatte auch nichts mehr dagegen, die Spucke zu küssen. Ich sah Marion zu, die den Boden fegte, sie lächelte mich manchmal an, und ich dachte, wir kommunizierten. »Verstanden habe ich nichts«, sagte sie später, »aber du sahst so süß aus mit deinem roten Kopf.«

Die Gitarristen sagten, sie mochten die Texte. »Meistens versteht man ja nichts. Aber wenn man was versteht, ist es schon besser, wenn sie nicht völlig peinlich sind.« Ich bewegte sie, drei Akkorde meiner Wahl zu spielen. »Ich schreibe Lieder, nicht nur Texte«, sagte ich. Gut, das fiel noch unter Demokratie.

Ein Gitarrist wollte demokratisch einen Akkord ändern, das erlaubte ich nicht unter Berufung auf das »bürgerliche Urheberrecht«. Der Gitarrist packte seine Sachen und ging, erstens weil er Bürger blöd fand und zweitens, weil sowieso die Sportschau anfing.

Der zweite englische Sänger sang mein Lied. Er sang die deutschen Worte mit englischem Akzent.

Inzwischen hatte Marion den Boden gewischt bis auf da, wo wir standen. Zeit zu packen. Ich packte an.

In der Abendsonne standen wir um das gelbe Auto mit den beschnittenen Anti-AKW-Aufklebern auf den offenen Türen und hörten die Kassette. Wir fanden, sie hörte sich großartig an. Ein bißchen schräg und erkältet natürlich, und das Saxophon war viel zu laut, aber sonst war es großartig, um nicht zu sagen, und sie sagten es: »Genial.«

•

Einen »Song« zu schreiben ging folgendermaßen. Ich hatte ein Gefühl, meistens Liebeskummer, meistens wegen Sigrid. Ich saß in meinem Zimmer, auf dem roten Schiff oder Murmels selbstgebautem Übungsverstärker. Ich sah durch das staubige Fenster auf den (blühenden, in voller Pracht stehenden, novembergelben, winterschwarzen) Kirschbaum in dem Garten, den ich nicht betreten durfte.

Ich hatte den ersten Satz und den Anfangsakkord. Beide waren mir unerklärlicherweise »eingefallen«. Ich verband sie miteinander. Der Text gab den Rhythmus vor, der Akkord war die »Atmosphäre«. Das dürften kaum musikwissenschaftliche Begriffe sein, aber ich ging auch kaum musikwissenschaftlich vor.

Ich schrieb alles auf, was mir einfiel. Dann strich ich alles durch, was mir nicht gefiel, also im Laufe der Tage das meiste. Ich schrieb es auf und veränderte es. Ich strich und kritzelte bis zur Unlesbarkeit, dann tippte ich es ab, auf der alten Reiseschreibmaschine aus Schülerzeitungstagen, und das Spiel begann von vorne. Ich schmierte handschriftlich aufs Blatt beim Spielen, mit Knie, Notenständer oder Gitarre als Schreibunterlage. Baldmöglichst nahm ich die ursprüngliche Melodie auf, die meistens sehr schön und kompliziert war. Ich wußte, daß sie sich durch jedes Nachspielen verändern würde. (Schon dadurch, daß ich selten die richtigen Töne traf, »Kunst des Fehlers«, verkündete ich in meinem ersten Interview, »mein Stil ist: Der zitierte Fehler!« Worauf der Radiomoderator, Sigrids Bekannter, nur »soso« sagte und unverhohlen, wenn auch gekonnt lautlos, gähnte.)

Später hatte ich eine kleine Orgel, an der die Stücke mit den vielen Akkorden entstanden, die Kirchenliedmelodien, die der zweite Gitarrist »einfach zu schwierig« fand.

Manchmal strich ich soviel durch, daß nichts mehr davon übrig blieb. Dann fing ich von vorne an, oder was anderes. Manchmal verwendete ich einen Satz zwei Monate später in einem anderen Lied.

Wenn ich zu müde war, um was Neues anzufangen, bekam ich schlechte Laune. Dann fing ich an, darüber nachzudenken, daß ich doch lieber was vernünftiges machen sollte, zum Beispiel arbeiten gehen oder Examen.

Aber wenn ich ein neues Lied in Arbeit hatte, fühlte ich mich unbesiegbar.

Wenn ich Sigrid traf, war das wieder für zwei bis drei Lieder gut (unbesiegbar fühlte ich mich dann zwar nicht).

Ich nahm die halbfertigen Lieder mit in den Proberaum. Ich spielte sie »meinen« Musikern vor. Manchmal applaudierten sie förmlich oder »stiegen ein«. Meistens waren sie gleichgültig oder sogar ablehnend. Manchmal ließ ich mich davon beeindrucken. Manchmal auch nicht, dann ließen sie sich von meiner Hartnäckigkeit beeindrucken. Manchmal auch nicht, dann bekam ich schlechte Laune.

Irgendwann spielten wir irgendwelche ersten Fassungen, die alle einen Tag lang »genial« fanden. Die 37 Spielfehler mußte man sich einfach wegdenken, oder, wie die Saxophonistin an ihrem letzten Tag sagte: »Je öfter ich es höre, umso mehr gewöhne ich mich dran.«

Während der Proben veränderte sich die Melodie. Zum Beispiel, der Baß kam dazu, und ich mußte höher singen, um überhaupt durchzudringen. Manchmal änderte sich der Rhythmus (»Das geht doch nicht«, murmelte der Schlagzeuger hinter seiner Zeitung), und ich verteilte die Sprache anders. Diese Phase zog sich über Wochen oder sogar Monate hin, was aber auch daran lag, daß die Musiker keine richtigen Musiker waren. Mit richtigen Musikern wäre es vielleicht schneller gegangen. Oder gar nicht.

Meine Idee war, mit Leute zusammenzuspielen, die mir sympathisch waren. Und nicht mit richtigen Musikern.

Die sympathischen Leute durften meine »Songs« ablehnen. Ich war auch zu Veränderungen bereit. Aber es mußten meine Änderungen sein. Wenn Murmel, der dritte und letzte Gitarrist, sagte: »Warum spielen wir kein A?« ließ ich es mir manchmal gefallen. Schließlich konnte ich niemanden bezahlen. Schließlich ließ sich nur mit gutgelaunten Musikern, die keine richtigen Musiker waren, Musik machen. Ich konnte ihnen nie vorschreiben, was sie spielen sollten. Wie hätte ich das auch machen sollen ohne Notenkenntnisse. Ich wußte nicht genau, was sie spielen sollten, aber ich hörte sofort, wenn etwas nicht funktionierte. Ich wußte aber nicht, wie ich das ausdrücken sollte.

Ich hatte von Anfang an den größten Einfluß auf das Programm. Schon deshalb, weil vor mir nicht viel gewesen war. Ich wollte mich durchsetzen, aber gleichzeitig wollte ich lernen. Kurz gesagt, Verbesserungen wollte ich durchlassen (oder verbesserte Verbesserungen jedenfalls), aber rein psychologisch zu erklärende Veränderungswünsche mußte ich vereiteln. Und das schaffte ich auch. In allen wesentlichen Fällen setzte ich mich durch, obwohl ich eigentlich nicht so wirkte, ich wirkte wahrscheinlich eher weich, und daß ich es nicht war, empörte vor allem diejenigen, die hart wirkten, ohne es zu sein.

Wenn ich im Kampf um die Akkorde unterlag, sorgte ich systematisch dafür, daß niemand damit glücklich wurde. Entweder verlor ich demonstrativ (aber auch tatsächlich) das Interesse an meinen, bzw. nunmehr »ihren« Liedern, oder ich änderte sie nach einer Weile zurück.

Meine anfangs unbewußte Taktik war, auf einen Änderungsvorschlag mit einem Gegenvorschlag zu reagieren: »Warum spielen wir kein C moll 7?« Ich tat wirklich alles dafür, daß meine Lieder meine Lieder blieben. Deshalb bekam die Band einen Charakter, nämlich meinen. Aber das waren auch ihre Grenzen.

Ich sah die Grenzen, aber ich konnte sie nicht überwinden. Wenn ich mich überwand, fiel mir nichts mehr ein.

Ich schaffte es nur selten, Stücke ohne Akkorde zu schreiben. Wenn mir das gelang, warf ich sie Murmel zum Fraß vor.

Bei Konzerten spielte Murmel »seine« Stücke immer besonders gut. Aber »seine« Stücke veränderten sich nie, während meine noch bei jedem Singen anders klangen. Was letztlich doch hieß, daß sie lebten, während Murmels Stücke nicht lebten, was das Problem wohl langfristig hätte lösen können, wenn wir lange genug zusammen geblieben wären.

Innerhalb von zwei Monaten war die Band auf vier Leute geschrumpft. Manche gingen, weil sie lieber wieder Fußball spielen wollten, manche gingen, weil sie lieber wieder zu viertelstündigen Zweiakkordstücken »improvisieren« oder Englisch singen oder überhaupt singen wollten.

Es wurde niemand rausgeworfen. Wenn der Rückzug trotzig verkündet wurden, schwiegen alle zwei Minuten. Dann sagte ich einfach: »Okay.«

•

Wir hatten mehr Proberäume als Auftritte. Den *Garten* verließen wir, weil wir das ewige Umräumen leid waren und öfter als einmal die Woche proben wollten. Kurz waren wir im Schreberhäuschen der Freundin der Saxophonistin zu Gast, wo wir allerdings ebenfalls ständig umräumen mußten. Der Ort erwies sich als ungeeignet, weil nicht nur der Schäferhund zu jaulen begann.

Dann spielten wir eine Zeitlang im Keller eines Hauses, in dem der zweite Gitarrist wohnte. Doch das Haus wurde verkauft und schließlich abgerissen, seine Bewohner mit jeweils ein paartausend Mark abgefunden. »Ihr seid billig zu haben«, sagte ich, kurz bevor unsere Bekanntschaft aprupt endete, zu dem zweiten Gitarristen. Denn der Keller war gut gewesen, das ganze Haus war gut gewesen, und jedesmal, wenn ich auf dem Fahrrad daran vorbeifuhr, die Gitarre auf den Rücken geschnallt, dachte ich daran.

An dem leerstehenden Haus vorbeifuhr, an dem Trümmergrundstück vorbeifuhr, an der feuchten Grube vorbeifuhr. Schließlich verblüfft anhielt, als die Werbeagentur eingezogen war, und Sebastian, der gerade dort angefangen hatte, mir aus einem der offenen Fenster leutselig zuwinkte.

Wir emigrierten aufs Land und probten auf der Tenne eines kleines Hofes, den der kurzfristig mitspielende Synthesizer-Mann bewohnte. Wir konnten unsere Sachen auf der festgestampften Erde stehenlassen, allerdings nur um den Preis, daß die Katzen sie bestiegen und vorwiegend rot gekleidete Langhaarige darauf »Session machten« (die Gitarre nahm ich immer mit nachhause). Dann gründete der Synthie-Spieler zusammen mit dem zeitungslesenden Schlagzeuger seine eigene, fröhliche Band, und das reizvolle Landleben hatte wieder ein Ende.

Wir waren Mieter eines sogenannten Minilagers im Gebäude einer Spedition. Da war ein Gang mit zwanzig grauen Garagentoren, und hinter jedem lärmte eine Rockband. Das waren Konzerte! Aber wenigstens lernten wir so die neue Schlagzeugerin kennen, die Birgit hieß und sozusagen eine sympathische Musikerin war.

(Und fast hätten wir dort eines Nachts Peter, den Bassisten, durch aufgesetzten Genickschuß verloren. Im Ernst. Die Wach- und Schießgesellschaft wollte nur ihre Pflicht erfüllen.)

Dann hatten wir einen anderen Keller, unbewacht, still und unverschämt teuer. Die Teppiche setzten Schimmel an und die Eisenteile von Birgits Schlagzeug originellerweise Grünspan. Nach einem Gewitterregen stand alles handbreit unter Wasser, und das war das Ende dieses magischen Raums.

Hatte aber Spaß gemacht, zu Beginn des Gewitters weiterzuspielen und sich vorzukommen wie *The Doors*, oder auch nur der vierzehnjährige Junge, der das Regengeräusch aufnahm mit seinem ersten, eiernden Recorder, ich nahm es auf mit dem Plan: Das wird mal meine erste Platte. Man würde mein Lieblingsgeräusch hören, und am Ende wird jemand sagen, nein ich würde es zu einer Frau sagen: »Let's go home.«

Damit war die Band fast am Ende, beziehungsweise sie war sogar, nach einem letzten rituellen Und-wir-sind-doch-die-Größten im *Garten*, offiziell aufgelöst, als wir über eine vergessene Warteliste an einen städtischen Proberaum kamen. Eine halbe Baracke, genannt Pavillon, eins von diesen Modellen, in der circa die Hälfte meiner überflüssigen Generation Lesen und Schreiben gelernt hat (Rechnen eher weniger). Vermutlich werde ich mit diesen Dingern noch als Rentner zu tun haben, falls sie dann noch stehen, bzw. falls ich je Rente bekommen werde, was ja zu bezweifeln ist.

•

Wir hatten insgesamt drei Auftritte. Der erste war natürlich im *Garten*. Wir übertönten das Klirren der Gläser, und die mitgebrachten Freunde, die den Weg zu den Toiletten versperrten, klatschen nach jedem Stück und besonders bei den Fehlern. Wir muteten ihnen lange Pausen zu, aus sogenannten technischen Gründen, oder weil die genaue Reihenfolge erst geklärt werden mußte. Meine einzigen Ansagen waren zweimal »Danke«, einmal »Bitte« und einmal »Herzlichen Dank« im Tonfall eines Politikers (Marion krähte). »Auf Wiederhören« sagte ich zum Schluß auch noch, aber da war das Mikrophon schon abgeschaltet.

Der *Garten* nahm keinen Eintritt, sondern nur 50 Pfennig Getränkeaufschlag. Das Honorar war entsprechend lächerlich und wurde nur aus prinzipiellen Gründen erhoben.

Der zweite Auftritt war nachts um drei auf einem sogenannten Open Air Festival vor fünf mitgebrachten Fans und sieben bis acht volltrunkenen Einheimischen. Aus purer Unerfahrenheit hatten wir uns im Programm immer weiter nach hinten rücken lassen, wir hatten den späten Auftritt sogar für eine Ehre gehalten, kamen die großen Namen nicht immer ganz zum Schluß? Die anderen Bands hatten auch keine großen Namen, dafür englische, und sie spielten die Lieder größerer, englischer Namen, was schließlich unseren Fahrer, den letzten englischen Sänger, zu der Forderung ermutigte, ein paar der alten, englischen Texte wieder ins Programm zu nehmen. Er könne sie glücklicherweise noch auswendig... Die Diskussion darüber vertrieb uns einen Teil der Zeit (ansonsten das Volleyballspiel mit einem Fußball, bei dem Murmel sich den rechten Daumen verknackste).

Vielleicht könnte man das allgemein so sagen, daß alle Diskussionen, an denen ich je teilgenommen habe, hauptsächlich dazu dienten, die Zeit zu vertreiben. Für die politischen, musikalischen und erotischen Diskussionen kann man das auf jeden Fall sagen. Laß es uns ausdiskutieren.

Als wir zwei Stunden nach Mitternacht endlich auf die Bühne gelassen wurden, war es empfindlich kalt geworden. Die Gitarristen hatten erhebliche Probleme, die Stimmung zu halten. Ich auch. Der besoffene Veranstalter wollte unseren Auftritt nach dem dritten Stück beenden. Er stand an dem freien Mikrophon, bzw. er hielt sich daran fest, er versuchte zu Wort zu kommen, aber ich schrie voll inspiriert gegen ihn an. Ich stellte mir vor, ein abstürzendes Kampfflugzeug würde auf seinen Hof zurasen und ihn samt seiner schlafenden Familie ausrotten. Beim Abbauen lobte der Mixer meinen erstmals verständlichen, ausdrucksvollen Gesang, und ein Mitschnitt des Stückes, samt dem »Feierabend«-Gelalle des potentiellen Märtyrers der Friedensbewegung, landete auf unserer ersten Demo-Kassette.

»Demo« war ab jetzt das Wort für demonstrierte musikalische Qualitäten, nicht mehr für Räuber und Gendarm Spielchen mit Halstuch und Spraydose.

Wir machten Aufnahmen von allen Konzerten. Wir legten kleine Kassettenrecorder auf die Verstärker oder Vertrauenspersonen in die Hände. Wenn wir, selten genug, über eine große Anlage spielten, schlossen wir ein Bandgerät am Mischpult an. Immer liefen irgendwelche Recorder mit, und das Publikum war nur wegen der besseren Akustik da.

Wir machten auch jedesmal neue Plakate, das heißt ich

machte sie, ich zeichnete, montierte und fotokopierte sie, ich hing sie mit Tesakrepp in Kneipen auf oder klebte sie mit Kleister an alle Stromkästen, auf denen »Bekleben verboten« stand. Ob sie auch nur einen Zusätzlichen angelockt haben, weiß ich nicht. Aber Sebastian fand sie gut und sammelte sie sogar.

Was ich in der Politik gelernt hatte, wandte ich jetzt in der Musik an. Oder was ich in der Politik nicht mehr wagte, verlagerte ich auf die Musik.

Musik war wie eine Spezialisierung dessen, was ich mit der Politik versucht hatte. Wieder versuchte ich, mit einer Gruppe zu Ergebnissen zu kommen. Zu etwas, das man dem Rest der Menschheit vorführen konnte. Ein Modell experimenteller moralischer Konsequenz (Politik) oder eben ein Stück makellos schräger Kultur (Musik).

Es gab überall zuwenig euphorische Momente. Es gab gute halbe Stunden im Proberaum. Auf der Bühne nur selten, die Anspannung war zu groß, die Umstände ungewohnt und meistens auch einfach nicht gut genug.

Außerdem mußten wir bald feststellen, daß es nicht unbedingt gut klang, wenn die Band zufrieden war, und umgekehrt. So wie Sigrid mich schön fand, wenn ich Kopfschmerzen hatte, konnten jedenfalls einzelne Zuhörer beeindruckt sein, während wir auf der Bühne verzweifelten. Weil man unten wirklich etwas anderes hörte.

»Auf der Bühne wirkst du kühl«, sagte Sebastian und meinte das als Lob. »Die Leute werden dich nie lieben, aber du kannst sie faszinieren.« Ich sagte, ich sei nur »saumäßig nervös«. Und später: »Oder meinst du das Perlen-vor-die-Säue Gefühl?«

Unser dritter und letzter Auftritt fand in der Aula der Universität statt. Solidarität mit irgendwas, aber die Veranstalter hatten schlicht vergessen, den Raum ordentlich anzumelden, woraufhin eine Handvoll kleinlicher Uni-Bürokraten, schließlich der Präsident höchstselbst, uns die Tür zu verstellen versuchte. Woraufhin ich mich gezwungen sah, einen Schritt zurückzugehen und die Aula für »besetzt« zu erklären. »Wir hören noch voneinander!« rief der Präsident empört. Davon ging ich aus.

So konnte das dritte Konzert zwar stattfinden, aber die rachsüchtigen Bürokraten ließen die vorderen Türen verrammeln, und wir spielten entnervt vor den rund 20 Leuten, die beim Aufbauen oder Bierkastenschleppen geholfen hatten oder wegen dem Ende der Sommerzeit zu früh gekommen waren. Die Akustik in dem leeren Saal war saumäßig, wir hörten uns kaum bzw. nur einen Eimer aus Echo und Rückkopplungen, wir schrien uns wütend an und hörten nach einer halben Stunde auf.

Draußen sammelten sich noch ein paar Dutzend Leute, die unentschlossen murrend herumstanden. Unter ihnen war Sigrid. Einige andere, unter ihnen Jürgen, verschafften sich Einlaß ins Gebäude und gelangen auf Umwegen in den ersten Stock, von wo sie durch die ebenfalls verschlossenen Glastüren wenigstens zusehen konnten. Ich sang die Stücke, die mit früher zu tun hatten und sah meine früheren Freunde hinter dem anscheinend unüberwindlichen Glas. Ich war tief deprimiert. Als das Konzert gerade vorbei war, öffneten sich doch noch die Flügeltüren (bzw. der Schlüssel des linken Dozenten öffnete sie). Jürgen klopfte mir angeregt auf die Schulter und sagte, das letzte Stück hätte sich »genial« angehört. Sigrid sagte freundlich »Hallo«. Dann rief Marion mich an die improvisierte Theke. Später sah ich, wie Jürgen und Sigrid zusammen weggingen.

Also hat Sigrid uns nie auf der Bühne gesehen. Sie war einmal im Proberaum, als wir Demos aufnahmen und ein paar Zuhörer eingeladen hatten. Sie machte Vorschläge, wo wir die Mikrophone hinstellen sollten und wollte sich nicht auf das alte Sofa setzen. Murmel fragte mich nach ihrem Namen.

Natürlich habe ich ihr ab und zu Lieder vorgespielt und Kassetten mitgegeben, oder später geschickt. Und vielleicht machte ich auch nur Kassetten, um sie ihr zu geben oder zu schicken.

Wie fand sie die Lieder? »Manche fand ich gut, manche fand ich nicht so gut.«

Drei Auftritte in sechs Monaten: Das wars, was die Stadt von uns wahrnehmen konnte. Dazu die kontrastarmen Fotos mit den hämischen Kommentaren im Stadtmagazin, die dumpfen Geräusche aus wechselnden Kellern, die schrägen Töne der Probekassetten in Küchen und WG-Zimmern, die kleinen Zettel in den Kneipen auf dem Weg zum Klo, einer hing sogar noch, als ich die Stadt verließ...

Der Typ von der Stadtreinigung, der die Plakatreste von den Stromkästen wusch. Die subalterne Schreibkraft von der Monopolzeitung, die unsere Kassetten und ironischen Selbstanpreisungen wegwarf oder zurückschickte oder bestenfalls mit nachhause nahm.

Marion, die den *Garten* am Morgen nach unserem Auftritt putzte, einen der Durchschläge des Programmzettels fand und in ihr Tagebuch klebte. Die einmal (»Okay, Rückfall«) auf meinem Gesicht saß und stöhnte, während das rote Schiff knarrte und der ungestüme Rhythmus von *Life is a crime* aus der Küche schepperte.

Es gab 1552 bessere Musiker in der kleinen Stadt. Aber es gab niemanden mit mehr Charakter. Das war der Grund, warum der Popstar sich für uns interessierte, und er konnte sich interessieren, weil Sebastian ihn einfach angerufen hatten, Sebastian, der sich sechs Wochen lang unseren »Manager« nannte, »hobbymäßig und mal sehen was passiert«.

•

Der Popstar kam zu unserer Einzugsfete in die städtische Baracke, verkleidet in nietnagelneuer Rockerlederjacke mit echtem Mercedesstern am Kettchen (gekauft im Ersatzteillager, wie Birgit wußte, die dort arbeiten mußte, wenn sie nicht Schlagzeug übte). Der Popstar trank eine Flasche Schnaps (oder auch Brause in Schnapsflasche) und spielte das Schlagzeug bei *Lola.* Ich spielte Gitarre bei *Lola,* allerdings nicht sonderlich überzeugend, denn hatte ich nicht angefangen, eigene Stücke zu schreiben, weil es mir zu mühsam zu war, die englischen Platten nachzuspielen? Außerdem war ich dem chromatischen Stimmgerät nicht gewachsen, bzw. ich verstand ja nichtmal, daß es ein chromatisches Stimmgerät war, folglich spielte ich unerwartet avantgardistische Töne, Kunst des Fehlers, oder was? Der Popstar nickte mir aufmunternd zu, aber aus Murmels Blicken sprach die reine Verzweiflung.

Der Popstar war sympathisch, das heißt unsicher wie ich. Wir brachen zusammen auf, es regnete heftig, wir standen zusammen in der Telefonzelle, damit seine nietnagelneue

Rockerlederjacke nicht naß wurde. Später ließ er den Taxifahrer extra einen Umweg bis vor meine Haustür fahren. Er ließ ihn sogar ein Stück auf den Bürgersteig fahren. Ich fuhr sonst nie Taxi, nichtmal Auto.

Zwei Tage später brachte ich ihm die versprochene (verquatschte) Kassette, bzw. ich brachte sie seiner schwangeren Frau, die schlecht gelaunt ans Gartentörchen kam, umsprungen von drei riesigen, zähnefletschenden Schäferhunden. Danach sprach ich dreimal mit dem Anrufbeantworter und wurde schließlich (»Ich sprech vom Autotelefon aus«) zurückgerufen. Der Popstar verglich die Band mit The Fall und The Smiths, »und wenn dich der Vergleich nicht beleidigt, würde ich sagen, du singst wie Ray Davies von den Kinks«. Nein, das beleidigte mich nicht.

Ich hielt den Popstar für ehrlich. Wie er mir während der ganzen Zeit unserer Bekanntschaft sympathisch blieb (im Gegensatz zu seiner Musik).

Das Lob des Popstars, der ja immerhin so erfolgreich war, daß er sich ein Haus, ein Auto, eine schwangere Frau und eine eigene Meinung leisten konnte, öffnete uns zumindest die lokalen Türen. Auf Sebastians Geburtstagsparty lernte ich den örtlichen Studiobesitzer kennen, der den Popstar »gut« kannte und außerdem praktischerweise unserem »Manager« Sebastian verpflichtet war, der hatte nämlich seinen Briefkopf entworfen.

Der Studiobesitzer war interessiert, weil der Popstar interessiert war. Ansonsten war er auffällig eifersüchtig, zum Beispiel mußte er gleich zu verstehen geben, daß er der bessere Musiker war. Besser als der Popstar, besser als ich. »Kann schon sein«, sagte ich schulterzuckend, er grinste primitiv zufrieden, und damit war das erste grundlegende Mißverständnis besiegelt.

Der Studiobesitzer wollte sich mit mir verbinden, um auf diese Weise (wieder) ins Geschäft zu kommen. Doch seine strategischen Fähigkeiten waren begrenzt, er litt zu sehr, und zu laut, unter der schreienden Ungerechtigkeit, daß sich die Welt nur für den Popstar interessierte, und jetzt sogar für diesen Arsch Paul Schade, und nicht für ihn, das wahre, verkannte Musiker- und Produzentengenie.

Dummerweise war ich aber schon verbunden, und zwar mit meinen bisherigen Musikern, die keine richtigen Musiker waren. Und daß ich meine und ihre Grenzen kannte, hieß ganz und gar nicht, daß ich mich so leicht beeinflussen ließ, wie das verkannte Musiker- und Produzentengenie nach dem ersten Gespräch, das er höhnisch schulterklopfend beendete, zu glauben schien.

Ich war beinahe beleidigt, für wie blöd der mich hielt. Indem er zum Beispiel sagte: »Du bist hundert mal wichtiger als deine Band.« Beeindruckte mich das? Jedenfalls war es mir nicht neu.

Ich dachte, wie kann einer so blöd sein und gleichzeitig so selbstbewußt, kurz, ich hatte ein schnelles und zutreffendes Urteil, aber dann zweifelte ich wieder daran, wie an allem allzu eindeutigem.

Daß ich mir den Scheiß des Studiobesitzers anhörte, deutete dieser als Zustimmung. Meine vergleichsweise ausgeprägte Nachdenklichkeit, meine Angewohnheit, Argumente einfach aufzunehmen und erst nach Tagen zu erwidern, meine leise Sprache, mein (wie Jürgen mal gesagt hatte) »feminines Auftreten teilweise« führte ihn in die Irre. Er glaube, leichtes Spiel zu haben. Er glaubte, mich weiter beeinflussen zu können als ich von ihm beeinflußt werden wollte.

•

An dem kleinen, handbeschrifteten Holzschild bogen wir von der Landstraße ab und fuhren in einen, wie Peter sachkundig feststellte, »auch schon halbtoten« Wald. Birgit fuhr, ich hatte die Wegbeschreibung auf den Knien. Wir landeten auf einem dieser Fachwerkhöfe, von denen es in der Nähe der Stadt noch eine ganze Menge gab (und die ein Hauptgrund dafür waren, daß so viele abgebrochene Studenten noch jahrelang in dieser eher analphabetischen Gegend blieben). In einem der niedrigen Nebengebäude war das Tonstudio, man sah es an der gut gesicherten Tür und den heruntergelassenen, grauen Plastikrolladen. Ein junger Schäferhund umsprang bellend das Auto. Birgit schleuderte einen halbverfaulten Stock ein paar Meter weit, und wir waren froh, daß er anbiß.

Ungeduldig liefen wir um das Gebäude herum und entdeckten schließlich, daß es hinten einen zweiten Eingang gab. Durch das ehemalige, unverschlossene Scheunentor gelangten wir in eine Art Vorraum, in dem ein paar Sitzmöbel, ein Motorradwrack und eine schartige Tischtennisplatte standen. Es waren sogar Schläger vorhanden, und Birgit entdeckte den gelben, leicht eingedötschten Ball vor der verriegelten, eisernen Studiotür. Wir spielten also Tischtennis, das heißt Birgit und ich spielten, während Murmel und Peter das alte Motorrad untersuchten.

Als der Studiobesitzer endlich kam, war er ziemlich gereizt; er hatte unruhige Augen und reagierte sich mit ein paar blöden

Sprüchen ab. Er ließ mich seine Plattensammlung halten, während er vergeblich nach dem Türschlüssel kramte und schließlich fluchend zum Auto zurückging.

Wir durchquerten den mit schadhaften Teppichen gedämpften Aufnahmeraum, in dem nur ein weißes Schlagzeug und ein paar leere Mikrophonständer auf uns warteten. Im Kontrollraum durften wir hinter dem protzigen Mischpult sitzen, Murmel und ich in zwei großen, kunstledernen Chefsesseln, Peter auf einem aus der versifften Küche geholten Klappstuhl und Birgit in der Nische des kleinen Fensters, nachdem sie diensteifrig alle Rolladen hochgezogen hatte.

Der Studiobesitzer verschob einige Regler, legte eine der mitgebrachten Schallplatten auf, empfahl uns, auf ihren »Sound« zu achten und verschwand gleich wieder eine halbe Stunde, um etwas mit der Vermieterin »abzuklären«. Wir hörten uns brav die Platte an, beeindruckt von den wandhohen Lautsprechern, und tauschten leise Bemerkungen über diejenigen technischen Geräte, die wir nacheinander identifizieren konnten. Durch die dicke Scheibe sah man in den leeren Aufnahmeraum. Murmel und Peter durchquerten ihn, um ihre Instrumente aus dem Kofferraum zu holen.

Fluchend, weil er einen Teil des Speichers dafür löschen mußte, programmierte der Studiobesitzer Birgits vereinfachtes Schlagzeug in einer seiner in Metallregalen verschraubten, quadratische Leuchtziffern ausstrahlenden Maschinen. Dadurch sparten wir, wie er sagte, einen halben Studiotag. Die Gitarristen konnten ihre Instrumente mehr oder weniger direkt in das Mischpult einstöpseln. Peter stand zwischen den Kunstledersesseln mit dem Kopfhörer auf, er wand sich in seiner typischen

Art, man hörte nichts, nur das mechanische Scharren der Seiten, wenn er nicht ganz sauber griff, oder ein peinliches Klikken, wenn er aus Versehen den Holzkorpus traf. Der Studiobesitzer verzog das Gesicht, sagte aber nichts. Murmel, der sein Plektrum aus dem Portemonnaie holte, bestand darauf, die Gitarre über die großen Lautsprecher zu hören.

Anschließend ging der Studiobesitzer mit mir in den Aufnahmeraum. Ich schraubte den Notenständer auf meine Höhe. Er richtete das Mikrophon ein und erzählte, wie teuer alles war. Er zeigte mir, wie ich den Kopfhörer verschoben auf die Ohren setzen sollte, ich hätte so mehr Gefühl für meine Stimme. Dann ging er zurück hinter die Scheibe, und wir unterhielten uns weiter über die Wechselsprechanlage.

Wenn ich mich selbst nicht hörte, hatte ich überhaupt keine Kontrolle. Wenn ich mich zu laut hörte, und zu wenig von der Musik, traf ich nicht alle Töne. Wenn beides zu laut war, fühlte ich mich zum Schreien verleitet, zu einer Euphorie, die die Aufnahmeminuten nicht überdauerte, und wenn beides zu leise war, kam keine Stimmung auf, und das Resultat wirkte kraftlos und langweilig. Ausgebildete Sänger hätten sich über solche Unstimmigkeiten hinwegsetzen können, aber ich war eben kein ausgebildeter Sänger, und das war, nach Sebastians Theorie, die der Popstar nickend bestätigt hatte, mein einziges Kapital.

Naja, wir probierten das alles aus. Wir konnten uns nur verständigen, wenn die Mikrophone angeschaltet waren. Notfalls mußte ich Handzeichen geben.

Mit dem ersten Versuch war ich nicht zufrieden, doch der Studiobesitzer war nur bereit, eine offensichtlich verpatzte

Stelle neu aufzunehmen. Es handelte sich ja nur um den »Pilotgesang«, es würde später ja alles nochmal neu gemacht.

Den Rest der Zeit saß ich wieder im Kontrollraum. Der Studiobesitzer ließ das Band ungefähr 20 mal in voller Lautstärke durchlaufen, er veränderte Kleinigkeiten am Klang und an den Lautstärkeverhältnissen. Ich war mir nicht sicher, ob das Ergebnis ein Fortschritt war.

•

Zwei weitere Tage verbrachten wir in dieser künstlichen, abgeschotteten Welt, der erste dauerte 12 und der zweite 14 Stunden. Ich saß auf verschiedenen, größtenteils unbequemen Stühlen und versuchte, die Übersicht zu behalten. Verschiedene Leute tauchten auf, die ich noch nie, Murmel immerhin einoder zweimal gesehen hatte. Der Studiobesitzer erklärte, daß die Hilfe professioneller Musiker erforderlich war, um groß ins Geschäft kommen zu können. Rein zufälligerweise war er mit solchen befreundet.

Während das Band mit dem skizzenhaften Arrangement und dem quälend unvollkommenen Pilotgesang dutzendemale aus den gnadenlos genauen Wandboxen dröhnte, füllten die professionellen Freunde des Studiobesitzers die restlichen freien Spuren mit ihren sorgsam ausgerechneten Melodien. Zwischendurch fragte mich der Studiobesitzer, wie mir das gefiel. Ich hatte noch keine Meinung. Später konnte ich sie nicht begründen.

Wagte ich anzuzweifeln, daß ein neuer Klang zu dem Lied paßte, kamen gleich Sprüche wie: »Wir nehmen erstmal auf, wir haben ja noch genug freie Spuren.« Der Studiobesitzer erweckte den Eindruck, es gäbe genau eine logische Art und

Weise, die Lieder zu arrangieren, und er gestattete keinen Zweifel daran, daß man sich dieser zielbewußt näherte.

Der Aufwand schmeichelte mir. Latent überfordert, wie ich war, hatte ich wohl keine andere Wahl, als mich zurückzulehnen und zu versuchen, dem Studiobesitzer zu vertrauen. Wenn Murmel und Peter, die etwas mehr Abstand hatten, sich irritiert ansahen, waren das die Zweifel derjenigen, die professionelle Studioarbeit nicht gewöhnt waren. Der Studiobesitzer schwankte zwischen dem Bemühen, unsere Zustimmung zu gewinnen und der Betonung seiner alleinigen Entscheidungsgewalt. Er war eben »der Produzent«.

Deutlich unterschied er zwischen mir und dem Rest der Gruppe. Ich war eben »der Komponist«, derjenige, der noch die meiste Zeit neben ihm auf dem zweiten Kunstledersessel (dem mit der geplatzten Naht) sitzen durfte. Dann kam Murmel, wegen seiner angeblich »charakteristischen Sounds«, dann kam Birgit, weil sie so kooperativ war. Von Peter hielt der Studiobesitzer gar nichts, das merkte man inzwischen deutlich, und im geeigneten Moment, als Peter in der versifften Küche war, erwähnte er wie zufällig einen anderen Bassisten, den er »an der Hand« habe. Wir schwiegen dazu, und wir schwiegen auch, als Peter zurückkam mit einem kalten Stück Pizza in der Hand.

Ich hätte nicht schwören können, daß Peter ein guter Bassist war. Wahrscheinlich war er das wirklich nicht. Er war nur ein guter Mensch, und wir kamen gut mit ihm aus, aber vielleicht zählte das in Zukunft nicht mehr.

Ich trank zuviel Kaffee und aß zuviel von den Schokoladenkeksen, die Birgit ständig mitbrachte (bis ich sie deswegen anraunzte). Ich hatte Verdauungsstörungen, eine lästige Blase an der Zungenspitze, und ich meinte, weniger gut zu hören. Bevor ich den Gesang neu machte, ging ich in den kleinen, schlecht verfugten Waschraum, pinkelte auf eine Spinne und putzte mir mit der Reisezahnbürste die schmerzenden Zähne.

Ich stand allein im Aufnahmeraum vor dem teuren Mikrophon, mit dem Kopfhörer über dem schmerzenden Schädel, ich sah durch die Scheibe, ich sah den Studiobesitzer hinter seinen bunten Reglern, ich sah Murmel, blaß und zusammengesunken auf dem zweiten Ledersessel, ich sah Birgit, die ständig ihre geöffnete Zigarettenschachtel herumreichte. Peter war gegangen.

Das Stück wurde mir in die Ohren geschickt, ich hörte meinen alten Versuch, ich sang ihn kraftlos mit, bis wieder abgebrochen wurde. Wort für Wort, Silbe für Silbe gingen wir es durch, sekundenweise geradezu arbeiteten wir uns voran. Ich sollte den Abstand zum Mikrophon verändern, ich sollte mit mehr oder weniger Atem singen. Die ersten Strophen habe ich wohl 20, 30 mal gesungen, einzelne Passagen noch häufiger. Ich änderte eine Textzeile, als ich sie auf Dauer nicht hinbekam.

Die letzten beiden Strophen sang ich in einem Rutsch, nachdem ich gebeten hatte, das Licht im Kontrollraum auszuschalten. Ich konnte ihre Gesichter nicht mehr ertragen. Ich hatte das Gefühl verloren für meinen gefühlvollen Text.

Ich stand allein im Halbdunkel des Aufnahmeraums, alleine mit dem stummen, weißen Schlagzeug und dem teueren Mikrophon, ich sah niemanden, nur mein verschwommenes Spiegelbild in der schwarzen Scheibe. Ich dachte, was ist, ich stehe vor dem großen Mikrophon, die Leute hören mir zu, ich bin da, wo ich hinwollte. Jede Schwingung, jeder Atemansatz wird ab jetzt notiert. Die im Dunkeln warten auf mich. Sie werden mich erstmals verstehen können.

Und es machte mir überhaupt keinen Spaß mehr. Jede Unbequemlichkeit hatte ich gerechtfertigt mit der Utopie des Vergnügens, das sich einstellen würde, wenn ich ein professioneller Musiker war. Dieses Ziel hatte ich, technisch gesehen, erreicht. Und es machte überhaupt keinen Spaß mehr.

Das Band lief. Ich hörte ein paar zertrümmerte Worte, Reste der vorigen Versuche. Ich hörte den Einzähler ticken. Ich dachte an Sigrid, wo ist sie, was macht sie. Ich habe sie seit zwei Monaten nicht mehr gesehen. Warum bin ich hier und nicht bei ihr. Trostlos sang ich die letzten zwei Strophen. »Geil!« gellte die Stimme des Studiobesitzers in meinem Kopf, und das schmerzende Licht flackerte wieder an.

•

Zur Fete des Popstars kamen wir zu früh. Der Vorteil daran war, daß uns der Popstar einer ausgiebigen Begrüßung würdigte. Er erinnerte sich an Birgits Namen und an Murmels selbstgebaute Gitarre. Er rauchte Pfeife und sprach wie gedruckt. Wegen seiner Volkstümlichkeit ist er jedenfalls nicht in die Hitparaden gekommen.

Die Wohnung war ausgeräumt, Getränke ausreichend vorhanden, und vom CD-Player erscholl dezent *Cold Turkey.* Als die anderen Gäste kamen, wurde es interessanter. Es waren wichtige Persönlichkeiten darunter, die man daran erkannte, daß sie nicht extravagant aussahen. Wer extravagant aussah, war garantiert Nachbar oder Schulfreundin von Frau Popstar.

Nach dem Essen gingen wir in den herbstkühlen, lampionerhellten Garten, wo wir erstens in unseren schweren Lederjacken nicht so schwitzten und zweitens ungestörter über unseren Gastgeber und seine lächerlichen Huldiger herziehen konnten. Die drei schwarzen Schäferhunde spielten zu unseren Füßen, bettelten um Knochenreste, jedoch vergeblich, denn in einer (das eigene) Knochenmark gefrieren lassenden Schrille untersagte Frau Popstar Murmels tierfreundlichen Impuls. Birgit hatte die Ehre, dem Hausherrn beim rituellen Anzapfen des echten Blechbierfasses behilflich sein zu dürfen. So ging man allgemein zum gemütlichen Teil des Abends über.

Zwei oder drei Bier lang geschah überhaupt nichts. Alle zwanzig Minuten winkte mir der Popstar leutselig zu oder rief: »Ich komme gleich!« Gelangweilt schaltete ich mich in Murmels Gespräch mit einer schon älteren Blondine ein, die zu meinem Erstaunen trotz ihres extravaganten Aussehens keine Nachbarin war. Sie sagte vielmehr, sie sei »aus dem business«. Als uns der Popstar wenig später mit dem versprochenen Kurzbesuch beehrte, brauchte er mich jedenfalls nicht mehr vorzustellen, was er aber trotzdem tat, indem er meine »markante« Stimme lobte und der Dame aus dem »business« die Kassette zu leihen versprach.

Birgit verabschiedete sich, weil ihr schlecht war. »Schwanger?« fragte der Popstar verständnisvoll. Wir sprachen immer angeregter über Gott und die Welt und das »Business« im besonderen. Der Popstar beklagte scheinheilig, daß die Moderatoren im staatlichen Rundfunk keine »Independents« mehr spielen durften. Die Frau aus dem »Business« fragte, was wir denn von den »Independents« hielten, und ich sagte:

»Independant, das klingt genauso anmaßend wie autonom.«

Das verstand die natürlich nicht.

Murmel sagte: »Independent ist man solange, bis einen ein Großer geschnappt hat.«

Das verstand sie. Oder jedenfalls lachte sie darüber.

Ich wurde Bier holen geschickt, was einige Zeit in Anspruch nahm, erstens war ich angetrunken, trotz bespöttelter Mineralwasserpausen, zweitens konnte ich es im Unterschied zur Mehrheit der Anwesenden einfach nicht über mich bringen, das abgestandene Zeug aus der Plastikschale zu schöpfen, die unter dem müde tropfenden Hahn stand, genau passend für die schlabbernden Zungen der drei schwarzen Schäferhunde, die auch alle gar nicht mehr bettelten.

•

Die resolute Pförtnerin hinter ihrer computerbestückten Teakholzbarrikade ließ mich nicht aus den Augen, während sie telefonierte oder vielmehr mit großer Begabung ein Telefongespräch simulierte. Wie ein Paßwort hatte ich den Namen des Popstars genannt, aber vermutlich war ich nicht der einzige, der ihn kannte. Die Situation war wie aus dem Rocklexikon, ich stand da, unrasiert und naßgeregnet, mit meinem großen, gefütterten Briefumschlag in der Hand. Auf dem Weg zum Treppenhaus hing das dreist geschönte Bild des Popstars und sah mir gewinnend in die Augen.

Der Mann, den ich sprechen wollte, war erst krank und dann in einem »marketing meeting«, und ich sollte den Umschlag »einfach dalassen«. Ich wußte schon, das hieß Müllabfuhr, aber ich adressierte ihn trotzdem säuberlich, bevor ich ihn der höhnischen Wache übergab und auf Wiedersehen sagte. Hätte ich mich da etwa anketten sollen? Ich hatte einen Fuß in der Tür, aber dann zog ich ihn lieber weg, als sie zufiel. Ich schrieb nicht mehr, ich rief nicht mehr an, und die riefen natürlich auch nicht an.

Ich hatte anderes im Kopf, nämlich Sigrid, die seit zwei Tagen wieder in der Stadt war. Manchmal wünschte ich mir etwas, das mich von allem endgültig entfernte. Aber als das nicht passierte, ließ es mich gleichgültig wie, nicht im Lotto gewonnen zu haben. Ich hatte das mit der Musik ganz ernsthaft betrieben, aber mit 24 Jahren träumte ich nur noch in Zitaten. Ich schrieb noch zwei ironische »Songs« darüber. Und das war es dann.

•

Jedenfalls wenn man die 150.000 Telefongespräche wegläßt, die es vorher, nachher und währenddessen gab. Der Studiobesitzer rief Murmel oder Birgit an, und die riefen wie ferngesteuert bei mir an. Ich war meistens nicht da. Aber wenn ich da war, rief ich den Anrufbeantworter des Popstars oder später einen Rechtsanwalt an. Der Anrufbeantworter log: »Ich rufe später zurück«, und der Rechtsanwalt gähnte: »Kommen lassen, die Brüder.«

Der Studiobesitzer wollte die Band sprengen, was ihm auch gelungen ist, aber etwas anders, als er sich das vorstellte. Ohne den Komponisten bzw. die »markante Stimme« war das Manöver einigermaßen sinnlos, und wir beide waren, wegen der frisch aufgebrochenen Sache mit Sigrid vermutlich, so gut wie immun gegen seine Versprechungen und Drohungen. Nach meinem Hamburger Erlebnis bastelte der Studiobesitzer an Phantasierechnungen und drohte mit Meineiden seiner professionellen Freunde. Ich sollte bezahlen, was ich nicht konnte, oder die als »Mitkomponisten« angeben, was ich nicht wollte.

»Mitkomponisten« für die Sigrid-Lieder, das sah ich einfach nicht ein.

Er könne auch anders, drohte der Studiobesitzer, aber tatsächlich konnte er nicht anders. Am Ende sah ich nichts, was er überhaupt richtig konnte, in dem Punkt war Sebastian allerdings noch anderer Meinung.

»Ich kenne einen echten Gangster«, sagte der Studiobesitzer.

»Ich auch«, sagte ich.

Birgit und Murmel meinten immer noch, sie stünden kurz vor der Weltkarriere, aber ich hatte überhaupt keine Lust mehr, weder auf die Lieder noch darauf, sie zu opfern. Ich wollte keinen Erfolg mit falschen Freunden.

Ich bekam eine wochenlange Erkältung. Ich wachte eines Morgens auf und wußte, daß ich kein Sänger war, daß ich nur singen konnte, wenn ich das Gefühl dazu hatte.

Auf Vermittlung Sebastians gab es ein mehrstündiges Treffen in einer Pizzeria, das aber nur dazu führte, daß ich seitdem Osnabrücker Musiker grundsätzlich nicht mehr grüßte und ein Jahr lang kein italienisches Essen mehr mochte.

Letztlich kam ich da nur raus, weil die einfach nicht damit rechneten, daß ich auf Ruhm und Reichtum verzichten könnte. Genau das tat ich. Ich versank in Schweigen, das konnte ich gut, und dahin konnten sie mir nicht folgen. Ich ließ die Verjährungsfrist laufen und ihre Anwaltshonorare steigen. Sicherheitshalber probten wir auch nicht mehr. Erstens hatten wir uns an die perfekten Studiolautsprecher gewöhnt, zweitens wollte ich nichts mehr von diesen angeblich sensationellen Versöhnungsangeboten hören.

Nach längerer Pause haben wir wieder angefangen, Kassetten zu produzieren und sind zu dritt noch ein paarmal aufgetreten. Es waren mehr öffentliche Proben, Vorbereitungen, und keiner konnte sagen worauf. Viel Arbeit für eine Stunde Streß und die anscheinend unvermeidliche, selbstmörderische Depression hinterher. Für neue, schlecht kopierte Kassetten und Fotos, auf denen ich immer älter aussah.

Zweimal wurden wir zu nachtschlafender Zeit von schnell redenden Radiomoderatoren interviewt. Müde saß ich auf dem Rücksitz von Murmels gelben Opel, auf der Seite mit der neuen Tür, ich dachte, dieser Radioschwätzer verdient fünfmal so viel wie ich, alle machen sie jetzt solche Sachen, Sebastian macht sowas, Sigrid fängt damit an, vielleicht sollte ich auch damit anfangen, dann kann ich mir wenigstens die gleichen Hosen kaufen wie sie.

Oder eines Abends bei meinen Eltern, als ich mühsam diesen Berliner Mittelwellensender reinkriegte, sie spielten eins der Sigrid-Lieder, und ich dachte, halb zynisch, halb gerührt, wenigstens die Außerirdischen hören meine Lieder... Aber auch nur sie.

Musik wurde etwas wie Fotografieren. Etwas, das lange vorbei war, aber ich behielt die alte Gitarre wie die Fotoapparate von meinem toten Onkel. Sebastian verwendete seinen Lieblingsrefrain in einer Anzeigenkampagne für die Stadtwerke, und Murmel bestellt bis heute sein Bier im *Garten* mit meinen urheberrechtlich geschützten Worten.

Erst Jahre später, als ich auf den Lofoten war, als ich die verstrahlten Blaubeeren pflückte auf einem Hügel in einem Licht, das mich an meine Kindheit erinnerte, fiel mir auf, daß die Melodie, die ich summte, meine eigene war.

VORARBEITEN FÜR EINEN ROMAN

An meinem 23. Geburtstag fragte Marion neugierig nach der neuen Kassette. Ich zuckte die Schultern. Ich wollte nicht, daß Leute über meine Kassette sprachen, als wäre sie etwas besonderes. Wahrscheinlich hatte ich damit angefangen, um etwas besonderes zu sein. Doch durchschaute ich längst, in der Reife meiner 23 Jahre, den Fehler meiner sogenannten Jugend, in der ich geglaubt hatte, daß nur geliebt wird, wer etwas leistet.

Von meiner ersten Kassette hatte ich mich bereits »distanziert«. Die zweite enthielt ein paar Sekunden des Gewitters, das ich mit 14 aufgenommen hatte, Kirchenglockenläuten und einige andere, mehr oder weniger historische Geräusche. Die geschmackvoll verzerrten Gitarrentöne am Ende waren eigentlich nicht so wichtig.

Die zweite Kassette erreichte eine Auflage von 18 Exemplaren. Leute wie Jürgen oder Sebastian bedankten sich aufrichtig dafür. Der Discjockey im *Tunnel* spielte 10 Sekunden daraus, mehr als Witz allerdings, und ein Schwarzsender in Bremen fast die ganze zweite Seite; das wußte ich allerdings nur vom Hörensagen.

Es störte mich, daß Marion sich wegen meiner Kassette für mich interessierte. Ich war eifersüchtig auf meine Kassette. Ich wollte nicht wegen meiner Kassette geliebt werden, oder wofür sie stand, und genau diesen Verdacht wurde ich bei Marion nie mehr los.

Sigrid war anders. Sigrid verstand die Kassetten, die ich ihr ungefragt schenkte, wie persönliche Briefe. Also absolut richtig. Wenn ich anfing, mir Weiterungen auszumalen, fragte sie verständnislos:

»Ich verstehe das nicht. Warum willst du berühmt werden?«

»Will ich ja gar nicht.«

Es gab regelrechten Ärger, als ich sie auf eine Stelle hinwies, an der sie vorkam, wenn auch nur in Form eines Telefonklingelns. »Ich will nicht auf deine blöden Kassetten«, sagte sie wütend, und ihre Augen funkelten wie bei einer unangebrachten Liebeserklärung.

Als ich anfing, einzelne Wörter in die Toncollagen zu mischen, hörte Sigrid mit Interesse zu. Oder mindestens mit Sympathie. Es fehlte jedenfalls der Gesichtsausdruck, der Marion sofort entstellte, die feuchten Augen und die angestrengt gerunzelte Stirn, nämlich daß sie dachte, dachte ich: Ich nehme teil an einer historischen Situation. Oder wenigstens: Mein Leben ist ein Roman, und genau heute beginnt ein neues Kapitel. Also bloß nichts verpassen...

Denn Marion schrieb, und nicht nur ihre berüchtigten, langen Briefe. Die übrigens mit Kohlepapier. Das machten wohl alle inzwischen, ich auch, ich kopierte die Anwaltspost und die unverschämten Briefe an die Bundeswehr, und dann den ganzen Rest, schließlich konnte man sich auf den Verfassungsschutz auch nicht mehr verlassen. Meine ganze Jugend war Recherche, hört sich das typisch an oder nur skuril? Ich meine, es haben ja auch Leute Scheiben eingeworfen und sich dabei erwischen lassen, damit es irgendwo verzeichnet war, in den Gerichtsakten und Zeitungen, daß sie es wenigstens versucht hatten.

Marion führte ein Tagebuch, und sie tat es sozusagen öffentlich, unter anderem zitierte sie daraus in einem Seminar, nachdem man sie wegen eines anmaßenden Referats (*Henry Miller und ich* oder so ähnlich) verspottet hatte. Sie schenkte mir Fotokopien der Seiten, die sich auf mich bezogen. Das war ihre Form der Liebeserklärung. Ansonsten schrieb sie leider Gedichte.

Meine erste Reaktion auf Marions Literatur war, ich mochte sie nicht. Sie war nicht der Typ, von dem ich etwas lesen wollte. Im Sinne von Verwandtschaft, also im Sinne J. D. Salingers. Ich dachte, sie drängt sich auf in der Literatur wie im Leben. Sie will eine Rolle spielen, in meinem Kopf wie in meinem Leben. Ich will das aber nicht.

Ich war wahrscheinlich eine Art Rassist. Sigrid konnte sich ausbreiten in mir, soviel sie wollte. Ich begrüßte das. Ich wußte sogar mittlerweile, daß das schlecht für mich war. Daß ich hauptsächlich darunter litt. Die Veränderung, die ich erhofft hatte, durch optische Ansteckung, oder später durch ihre Berührung, war nicht eingetreten. Ich war immer noch derselbe. Obwohl ich ihr doch ziemlich nahe kam, steckte ich immer noch in meinem eigenen Körper. Ich fühlte mich nicht so gut wie sie aussah. Das heißt, ich fühlte mich gut, wenn sie da war. Wenn sie nicht da war, kam ich auch zurecht. Nur die Wechsel waren unerträglich.

Ich war weit davon entfernt, daraus Konsequenzen zu ziehen. Das möchte ich betonen, denn Leute wie Sebastian haben mich immer wieder für »konsequent« gehalten. Was für ein Irrtum, meine sogenannte Konsequenz war nur eine mangelnde Begabung für Diplomatie.

Sigrid legte mir die sinnvolle Konsequenz immer wieder nahe. Warum, weil es sie selbst nervte, weil sie ein schlechtes Gewissen hatte, und letztlich auch, weil sie mich mochte und sah, daß sie nicht gut für mich war. »Nein, ich will das nicht«, sagte ich, in Bezug auf das Naheliegende, und sie nach einer Zeit: »Ja, ich sowieso nicht.« Woraufhin wir uns wieder nahelegten.

Wenn Sigrid mir einen Brief schrieb, waren es kurze Notizen, sachliche Mitteilungen oder Terminvorschläge, die ich auf meinem Schreibtisch fand, der abgesägten Tür, oder auf dem Bug des roten Schiffs. Kurze Sätze und immer das gleiche: »Machs gut.«

Aber was? fragte ich mich. Ich archivierte Sigrids lakonische Briefe wie Heiligtümer. Ich las sie immer wieder, rätselte stundenlang über ihren geheimnisvollen Sinn. Marions Briefe las ich nichtmal zuende, bevor ich sie, meistens polemisch, beantwortete.

Also, wenn Sigrid geschrieben hätte, wäre ich vermutlich auch ihrer Literatur ausgeliefert gewesen. Andererseits war es Teil ihrer Ausstrahlung, daß sie diese Krankheit Literatur eben nicht hatte.

Eine Künstlerbeziehung war das letzte, was ich wollte. Marion wollte meine Simone sein, aber ich war doch nicht Sartre, ich wollte jung sein und war so anti-intellektuell wie möglich.

Sie wollte meine Yoko sein, aber ich hatte noch nichtmal die Beatles gegründet. Sie wollte Aneïs sein, aber ich akzeptierte allenfalls das rosa Buch (das Sigrid mir empfohlen hatte). Ich wollte Sigrid oder vielleicht noch Jürgen, aber bestimmt nicht »diese gräßliche Pseudo-Dichterin« (Worte, die Sebastian noch jahrelang schadenfroh zitierte).

Wenn ich mir heute die alten Kassetten anhöre, und danach den Schnellhefter lese mit Marions Gedichten (und die Peinlichkeiten und Rührungen überstanden habe), finde ich meine Lieder leider immer noch besser. Selbst die Fehler darin sagen mir etwas. Wie naiv auch immer, ich versuchte was zu sagen. Marion aber stand vor dem großen Spiegel und bewegte die Lippen. Das sah wahrscheinlich gut aus. Aber es sagte mir nichts.

Ich mißtraute meinen spontanen Gefühlen. Das hatte ich inzwischen gelernt, und Marion bestätigte mich darin. Sie nannte meine spontanen Gefühle »Vorurteile«. Das galt persönlich, das heißt erotisch, aber auch literarisch. Es fiel mir nicht schwer zuzugeben, daß ich eifersüchtig war. Und ich hatte noch nie behauptet, was von Gedichten zu verstehen.

Ich wählte meinen Lesestoff intuitiv. Ich hatte die Schule mit dem Gelübde verlassen, nie wieder ein Buch in die Hand zu nehmen und lächerlicherweise auch die Universität mit diesem Schwur betreten. Daß ich wortbrüchig wurde, verdankte ich vor allem Sebastian. Eigentlich verdankte ich alle interessanten Wortbrüche Sebastian.

Mir gefiel eine Art zu schreiben, die geeignet war, die Gegenwart zu beschreiben, ohne in ihr lächerlich zu wirken. Genauer hätte ich es nicht sagen können. Sebastian konnte es genauer sagen. Aber der mochte Marions Gedichte auch nicht. Jedenfalls die zwei nicht, die sie während einer Vollversammlung im Studentenstreik über das Saalmikro rezitierte (das Selbstporträt der nackten Dichterin vorm Spiegel war auch dabei).

Gedruckt sind von Marion fünf Gedichte erschienen, und zwar in einer, wie Sebastian sagte, »überflüssigen Anthologie«. Marion hatte dafür bezahlt. »Du gehst putzen für deine Gedichte?« fragte ich fassungslos.

Marion kokettierte mit der Literatur. Koketterie, das war Ursis Wort, für Marions Verhalten im Allgemeinen und im Besonderen, das heißt in Bezug auf mich. Nicht daß ich glaubte, frei zu sein von solchen Erscheinungen. Aber ich bekämpfte sie. Und vielleicht mußte ich Marion bekämpfen, weil sie diese Tendenz in mir verstärkte.

Sigrid war anders. Der Gedanke, eine Rolle zu spielen für einen, der vielleicht wirklich irgendwann »etwas tolles machen« würde, war ihr hauptsächlich eine Belästigung. Eine Gefahr für wünschenswert unbefangenes Verhalten. Marion aber brannte darauf. Allzu gern wäre sie (anstelle Sigrids) die Adressatin meiner akustischen Briefe geworden. Schon das war eine Anmaßung.

Umgekehrt hatte Marion mich vorgesehen für eine tragende Rolle im aktuellen Kapitel ihres Lebensromans. Das wußte ich, und solange ich darüber lachen konnte, tat ich es. Einmal schickte ich ihr einen Brief in Form eines Durchschlags.

Aber warum habe ich ihr nachgegeben. Warum ließ ich mich beeindrucken von ihrem schriftlichen Angebot. Aus Not. Die Bedenken gab es zwar von Anfang an. Ich liebte sie nicht.

Da war ein sexueller Reiz, gut. Ein Bruchteil Anziehung, wie ich später einmal sagte, zu Marions Empörung, war ja überall zu finden. Und sie grub doch förmlich danach. Was sich fand war ausreichend, um miteinander vielleicht hundertmal ins Bett zu gehen, aber eben nicht für die Art von Freundschaft, die auch Marion zweifellos verdiente. An Marion störte mich einiges, und nicht nur ihre »Koketterie«. Die aber auch, und nicht zufällig verließ ich sie genau in dem Moment, als sie sich mit meinem Nachfolger zu harmlosen Gesprächen zu treffen begann.

Im Grunde störte mich an Marion, daß sie nicht Sigrid war. Doch ich setzte mich darüber hinweg, aus Not.

Ich litt unter Sigrid. Ich litt unter einer Distanz, die nicht groß genug war, um ertragen werden zu können. Sigrid gestattete unsere bisherige, sorglose Nähe nur selten. Sie faßte mich nur noch vorsichtig an. Das war ein wesentlicher Teil, »es zu vereinbaren«, nämlich mit ihrer Beziehung zu Jürgen. Das war ja auch vernünftig so, nur eben fiel es mir ziemlich schwer. Fast genauso schwer wie die munteren Andeutungen über ihren bevorstehenden Umzug.

Mit Jürgen teilte sie das Bett. Mit mir führte sie die Gespräche. Das heißt die Resignation, keinen Partner für alles zu haben, sondern je einen für bestimmte Bedürfnisse, fällt mir jetzt auf, stammt ja eigentlich von Sigrid. Sigrid hat es von Anfang an so gehalten. Woher nahm sie das bloß, mit ihren knapp 18 Jahren?

So fand ich mich an einem Sommerabend bei offenem Fenster, nackt und alleine, auf dem roten Schiff. Es hatte seit Wochen nicht mehr geregnet. Es war zu heiß für eine Decke.

Die Vögel schwiegen, in verzweifelter Erwartung eines Gewitters. Oder vielleicht waren sie auch nur müde von der Futtersuche, für die gierige Nachkommenschaft. Ich konnte mich nichtmal an das Gefühl erinnern, verliebt zu sein. Ich fühlte nach meinem einsamen Schwanz. Ich versuchte nachzurechnen, wieviele Jahre ich das jetzt machte. Ich ging zum Fenster. Aus Jürgens Zimmer, von oben, hörte ich leise Musik. Ich stieg auf das Fensterbrett. Ich dachte kurz daran hinaufzuklettern. Ich starrte in den dunklen Garten, in den wir nicht durften. Ich dachte wörtlich: Noch dreimal solange, und ich bin alt. Besser als das ist Marion auf alle Fälle. Ich dachte an sie, als ich masturbierte, ich hämmerte mir ein, wie sie aussah, oder wie ich dachte, daß sie aussah, und als ich in den Garten ejakulierte, klatschte es wie die ersten Regentropfen auf die Blätter des verbotenen Baumes.

Wirklich alles, was unsere Liebe, oder wie immer man es nennen soll, schwierig machte, wußte ich von Anfang an. Und sie auch, weil ich es ihr nämlich sagte, nur notdürftig vermindert um die schärfsten Formulierungen, die vielleicht doch verhindert hätten, was ich von ihr wollte, und sie von mir.

Eines Abends lagen wir auf dem alten Sofa oben in der Küche. Die anderen waren verreist, bis auf Jürgen, der immer noch Politik machen wollte und sich in seinen »anderen Kreisen« bewegte, was aber eigentlich auf dasselbe hinauslief. Marion hatte mich eingeladen. Wir redeten verständnisvoll über unsere gegenseitigen Vorurteile. Ich versprach, künftig weniger »arrogant« zu sein. Wir umarmten uns ungeschickt. Das war wenig mehr als die Berührungen, die unter uns so üblich waren wie anderswo ein Händeschütteln. Wie soll ich das Leuten erklären, die Gleichaltrige siezen.

Ich spürte ihr hartes Henna-Haar im Gesicht. Ihre Hände streichelten sanft meine Hüften. War es eine Bitte oder ein Versprechen. Es kitzelte, und direkt hinter dem Kitzel lauerte der Schmerz. Und es änderte sich. Und ich machte ein Geräusch. Da machte sie zielbewußt weiter. Doch als sie an meinem Reißverschluß war, setzte ich mich auf. Ich sagte: »Es geht nicht, ich habe Sigrid im Kopf.« Sie dankte für meine Offenheit und brachte mich zur Tür. Ein schöner Abend, und wir konnten richtig stolz auf uns sein.

Am nächsten Tag war ich wieder oben. Marion war bei Ursi zum Fernsehen, das heißt Marion und Ursi waren noch nicht, wie kurz darauf, tödlich zerstritten. Sie hatten sich getroffen, um etwas »auszudiskutieren«, was ihnen auch wohl gelungen war, denn als ich den Raum betrat, hockten sie einträchtig auf Ursis Matratze vor dem Fernseher. Das dritte Programm brachte ein Konzert mit einigen meiner Helden. Der Fernseher stand vor Ursis Bett, denn in der Küche duldete man, hauptsächlich Jürgen, ihn immer noch nicht.

Die Helden sangen.

Die Frauen lagen träge in den Kissen. Die Stimmung schien gut, zumindest Marions Stimme fehlte die übliche Härte. Sie machte gern Platz für mich.

Später massierte Marion Ursi den Rücken. Ursi hatte fast immer Rückenschmerzen. Eigentlich hatten fast alle fast immer Rückenschmerzen. Ich neuerdings auch. Und als Ursi zu Marion sagte: »Das kannst du aber gut«, wollte ich auch behandelt werden. Wie Ursi vorher zog ich, ohne besonderes Aufheben, mein T-Shirt aus. Wie beim Sport, wie bei unseren regellosen Volleyballspielen, wie am See.

Ich legte mich auf den Bauch. Marion ölte mich ein. Sie konnte es wirklich gut. »Was bist du verspannt«, sagte sie bewundernd, während im Fernsehen einer meiner Helden zynische Ansagen machte. Marion massierte mich drei Lieder lang. Dann wurde sie müde, aber ich wollte jetzt »von vorne« massiert werden. Marion zögerte nur kurz.

Ursi holte leicht verstimmt alte Zeitungen, zum Schutz ihrer lila Tagesdecke vor meinem öligen Rücken. Ich hatte erst wenige Haare auf der Brust, ich war nicht besonders muskulös aber ich entsprach wohl ausreichend den jugendlichen Schönheitsidealen, die wir natürlich allesamt als »reaktionär« ablehnten. Mein Bauch war noch flach, jedenfalls im Liegen, ich trug keinen Gürtel, und Marions Daumennägel kratzten unter den Rand meiner fadenscheinigen Jeans. Ihr buntes Herrenhemd, geliehen von Weko vermutlich, war drei Knöpfe weit offen und außerdem zu groß. Nichts von dem, was ich sah, war mir neu. Aber ich dachte, während Marions kräftige Hände auf und ab glitten, während ich sie sich rhythmisch bewegen sah, während ihre kleinen Brüste wippten: So wird es sein. Und: Es wird gut sein.

Wir verließen Ursi. Das Konzert der Helden war zuende. Ich hatte mein T-Shirt in der Hand. Ich wollte es nicht beschmutzen, es war warm genug im Haus, und außer Sebastian kannte ich niemanden, der eine Waschmaschine hatte. Ursi sagte nicht auf Wiedersehen.

Kaum hatte ich die Tür zugemacht, fielen wir ungeschickt übereinander her. Auf das rote Schiff wollte ich mit ihr nicht.

So landeten wir auf dem staubigen, blauen Teppich. Es war, als wenn wir kämpften. Marion war stark, und es war, als kämpfte ich mit einem Mann. Doch dann öffnete sie ihre starken Beine für mich. »Hör auf, ich platze«, sagte ich. Sie antwortete zitierfähiges, und tatsächlich hat sie es auch zitiert, in einem ihrer verdammten Gedichte.

Nach einer Weile stand ich wieder auf. Ich blickte sie an, verwirrt und in dem Moment zweifellos verliebt.

»Hier war die Chance, etwas ohne Bedacht zu tun«, sagte ich viel später zu Sebastian. »Und so kam das Loch in mein Leben.« Sebastian lachte nur deshalb nicht, weil meine traurige Stimme ihn warnte.

Bevor wir ins Bett gingen, unter dem Vorsatz, »richtig« miteinander zu schlafen, am übernächsten Tag, denn ich meinte doch, ich müßte mich erst »erholen«, führte Marion stehend ihr Diaphragma ein. Sie stellte ihr rechtes Bein auf den Gitarrenkoffer. »Lach nicht, es ist schwierig.«

Es war schwierig, und es tat einfach weh. Mein Schwanz war so rot wie bei den Spielen in der Dusche. Es war, als wäre etwas abgerissen, vielleicht war wirklich etwas abgerissen, das kommt eben davon, wenn man sich mit 15 aufklären lassen muß, und zwar durch Bücher, wenn man 15 Jahre alt werden muß, bevor einem ein unter konspirativen Umständen entliehenes Buch sagt, daß man die sogenannte Vorhaut von der sogenannten Eichel überhaupt zurückziehen kann, das als kleiner Nachbeitrag zum Thema sexuelle Erziehung in den siebziger Jahren, oder auch über Macht und Ohnmacht der Literatur.

Wir dösten ein. Marion spielte nebenbei an mir herum. Sie zog mich wieder herein. Diesmal hörte ich Glocken. Sie nicht.

Als wir nach ein paar Tagen zum erstenmal gleichzeitig ins Keuchen kamen, bzw. ich keuchte und sie keuchte: »Komm, komm zu mir« (geschmacklos, dachte ich), als ich den geheimnisvollen Rhythmus fand (den muß ich mir aufschreiben, dachte ich), als ich zum ersten Mal eine wirkliche Veränderung spürte, als sie ein neues Gesicht bekam, dachte ich an Sigrid. Ich dachte nicht, wie Marion mir ausdrücklich verboten hatte, daß sie Sigrid war. Ich dachte einfach, Sigrid, hörst du mich, Sigrid, schau her, ich schlafe mit einer Frau. Es geht. Es klappt. Ich kann es doch.

»Was denkst du?« fragte Marion hinterher.

»Ich hasse diese Frage.«

Marion sagte, so wie mit mir sei es noch mit keinem gewesen. Es sei »so persönlich« gewesen.

Mit Marion zu schlafen befreite mich von der Verzweiflung, die Liebe nicht zu kennen, zu ihr nicht fähig zu sein. Marion bewies mir netterweise das Gegenteil. Doch daß sie mich wie einen Kranken behandelte, ging mir zusehends auf die gehätschelten Nerven. Sie »desensibilisierte« mich mit Streicheln und Küssen, sie dosierte ihre Berührungen quasi wissenschaftlich auf die empfindlichen Stellen, besonders den Vorderhals, die Hüften und die zwei kleinen Operationsnarben.

Das Gefühl dort berührt zu werden war wie ein elektrischer Schlag. Ohne Vorwarnung konnte ich schier aus der Haut fahren. Marion gab sich alle Mühe und erwartete Dankbarkeit dafür. Wenn der erste Versuch miteinander zu schlafen unbefriedigend war, zum Beispiel zu kurz, für sie, führte sie unerbittlich einen zweiten herbei. Sie sagte sogar mal, sie hätte »ein Recht darauf.«

Mir war die »Tatsache«, krank zu sein, ja nicht neu. Aber manchmal war es mir zuviel. Vor allem bezweifelte ich, daß Marion gesund war, »gesunder als ich, kein Kunststück, okay«. Aber sie kam aus derselben kranken Gesellschaft, oder etwa nicht? Woher nahm sie die Anmaßung, in Ordnung zu sein? Ich dachte eigentlich ziemlich bald, wenn ich bei ihr kitzlig bin, liegt es natürlich an meiner Kindheit bzw. der daraus resultierenden mangelnden Übung. Aber Kitzligkeit bei Sigrid kannte ich komischerweise nicht. Und das mit den zweiten Versuchen ist vielleicht auch nicht das Gelbe, denn schließlich, es tut immer noch weh, Mensch, irgendwie hätte ich gerne eine halbe Woche Urlaub, vielleicht sollte ich mal wieder zu meinen Eltern fahren.

Es fiel mir schwer, darüber zu reden. Ich wollte nicht Marions Patient sein. Außerdem fiel es mir schwer, diese Art Offenheit rechtzeitig zu beenden. Denn natürlich durfte ich zum Beispiel nicht sagen: Mich stört der Geruch aus deinem Mund. Sigrids Mund schmeckte nach Milch, und das, obwohl sie fast genausoviel rauchte. Das Thema ließe sich ausweiten. Wir stanken uns bereits, und mit mehr Offenheit hätten wir es herausgefunden, und zwar schneller als uns lieb gewesen wäre.

•

Schon als ich, nach der »ersten Nacht«, neben Marion aufwachte, erschrak ich geradezu über die grobe Häßlichkeit ihres schlafenden Gesichts. Über die Fremdheit. Darüber, daß sie nicht Sigrid war. Ich hielt natürlich den Mund. Ich sprach nur, weil sie etwas hören wollte, von der Rose, die sie mir geschenkt hatte, oh wie kitschig, aufgeblüht wäre sie über Nacht. Aufgeblüht, ha! Ihre Blätter hingen welk oder taumelten schon zu Boden. Diese bleiche, häßlich gesprenkelte Rosenblüte, die Marion barbarisch abgerissen hatte, auf einem Spaziergang in den öffentlichen Anlagen, dafür hatte ich sie gehaßt, fast wäre ich deswegen umgekehrt.

Aber Marion schrieb ein Gedicht über die »aufgeblühte« Rose. Und sprühte nach der zweiten Nacht »Ich liebe Paul Schade« an die Mauer der Staatsanwaltschaft. Sie sagte mir ständig, daß sie mich »liebte«. Ich murmelte, das Wort sage mir nichts. Doch zur selben Zeit besang ich meine dritte Kassette mit den Worten: »Ich verschweige meine Zweifel / aber lügen tu ich nicht.« Das war mein erster Refrain.

Egoismus wird eingeräumt, aber es war auch der Vorsatz, sich nicht so leicht entmutigen zu lassen. Was begann gegen stärkste Bedenken, sollte Zeit bekommen, sich zu entwickeln. »Es sich entwickeln lassen« war auch Marions ständige Rede. Doch es entwickelte sich nicht. Es blieb dabei, daß ich regelmäßig mit Marion schlief. Zweimal hintereinander. Daß es wichtig für mich war, aber nicht schön.

•

Ich informierte Sigrid baldmöglichst. Das heißt, sobald es Tatsache war, und wir uns wieder trafen. Sigrid hatte nicht viel Zeit, »wichtige Klausuren«, wie sie sagte. Erst kommt die Schule, das stimmt vielleicht sogar. Dann kommt Jürgen. Dann kommen Sachen wie Yoga oder die Theater-AG. Dann komme ich. Und das ist auch richtig so, »weil, ich bin schwierig.«

Wir saßen in der Küche von Sigrids Mutter. Wir tranken Tee. Die Stimmung war nicht schlecht, aber auch nicht besonders gut. Sie war nicht so, daß sie durch die kommende Mitteilung verdorben werden könnte. Welche lautete: »Übrigens, ich habe jetzt auch eine Freundin.«

Sie blickte mich von der Seite an. Dann sah sie gleich wieder weg. Der Satz war grammatisch wohl nicht ganz korrekt. Aber sie hatte verstanden. Sie fragte nach einer Pause:

»Wer denn?«

Ich sagte es ihr.

»Also doch«, sagte sie.

»Ja«, sagte ich, und mit einer Art schüchterner Brutalität fuhr ich fort: »Wir waren im Bett und es hat geklappt.«

Sie gratulierte mir, das klang ehrlich. Eifersucht war ihr nicht anzumerken. Darüber war ich vielleicht enttäuscht. Sie sagte: »Ist ja sicher besser. Ich meine, nun sind wir beide... Ist für unsere Freundschaft vielleicht besser.« Womit das Wort zum ersten Mal genannt war.

Sigrid wollte wissen, wie wir verhüteten. Ich berichtete detailliert. Nachdem wir die »technische Ebene« abgehandelt hatten, saßen wir eine Weile sprachlos nebeneinander. Ich merkte plötzlich: Doch, da ist was. Sie trauert, sie denkt zumindest darüber nach. Wütend blitze es in mir auf: Dazu hat sie kein Recht. Ich habe mir nur genommen, was sie längst hat. Und sie hat immerhin Jürgen, und ich habe bloß Marion.

Ich hatte Jürgen immer akzeptiert. Es tat weh, aber es war auch in Ordnung so. Komischerweise kam ich mir gegenüber diesen beiden Jüngeren manchmal so vor, als wären sie meine Eltern. Und demgegenüber war Marion Verrat. Ich hätte nie mit ihr spielen dürfen.

Ich merkte, wie eine namenlose Trauer in mir hochstieg. Eine Trauer, die zusammengesetzt war aus: Ich habe Sigrid verloren, ich habe selbst den entscheidenden Schritt getan, ich habe meine Ideale verraten, ich bin erwachsen geworden.

Wie der Abend, an dem ich von meiner Mutter keinen Gutenachtkuß mehr wollte, als ich mich wegdrehte für immer.

Ich sah mich in der Lage, das Dilemma mit Sigrid zu beenden. Ich wollte nicht in Unschuld sterben. Aber was wollte ich wirklich, ich wollte immer noch Sigrid. Ich legte den Arm um ihre Schulter. Sie machte sich steif. Ich faßte ihren Nacken, ich spürte den Widerstand ihrer Muskeln. Doch gleichzeitig kniff sie die Augen zusammen, wie sie es immer tat, wenn ihr eine Berührung gefiel. Da sagte ich leise »Hey« und zog sie zu mir heran. Sie lehnte an meiner Schulter. Sie war mir nah, doch sie wandte ihr Gesicht ab.

»Dann willst du bestimmt nicht mehr, daß wir uns noch treffen?«

»Und ob.«

»Das ist gut. Ich auch. Aber vielleicht will Marion es nicht? Das könnte ich verstehen.«

»Sie hat nichts dagegen«, sagte ich.

Das stimmte, das hatte sie jedenfalls gesagt, während eines großmütigen bis pathetischen Gesprächs, in dem wir unsere progressive Beziehung rühmten, in der es sowas wie Eifersucht einfach nicht geben könnte. »Natürlich« sollte ich weiterhin Sigrid »sehen«, auch sie wollte und konnte »zum Beispiel Weko nicht unbedingt aus dem Weg gehen«.

»Hey Sigrid, an meinen Gefühlen zu dir hat sich nichts geändert.«

»Das kommt noch.«

»Nein. Es hat nichts miteinander zu tun.«

Genau denselben Satz hatte Sigrid damals gebraucht, um mir zu erklären, was Jürgen für sie war.

Wir küßten uns. Wir umarmten uns. Wir lagen auf Sigrids schmalem Bett. Wir hörten Musik. Ihre Finger spazierten wieder auf meinem Bauch. Ich zog wieder ihr Hemd aus dem Gürtel. Ich befühlte ihre schönen, runden Brüste. Ich strich sanft über ihre runden Knie. Mehr versuchte ich nicht, obwohl ich es mir jetzt zutraute. Ich empfand perfekte Harmonie. Ich dachte nicht an Marion, und sie, dachte ich, denkt jetzt nicht an Jürgen. Wir erzählten uns Kindergeschichten. Wir schliefen ein. Wir wachten nicht gern auf.

•

Ich lernte, mit Marion zu schlafen. Ich gewann die nötige »Ausdauer«, oder wie Marion sagte, »meistens triffst du den Punkt inzwischen«. Ich schlief mit ihr, auf blutbefleckten Laken, »ohne das Zeug«, oder oben in der Wanne. Es plätscherte wie eine Kindheitserinnerung. Es gab auch Sachen, die nicht klappten. »Bei Weko war das kein Problem«, sagte Marion über die Schulter. Was hat sie zu suchen auf meinem Bett, dachte ich wütend. Ja, was. Sie saugte meinen Schwanz, sozusagen zeremoniell, und wollte nicht, daß ich sie dabei berührte. »Das ist geil«, sagte ich besänftigt. Überhaupt verwendete ich immer mehr Zitate. Es war aber nicht das versprochene sexuelle Paradies. Dazu hatte es zuviel Hölle. Dafür hatte ich zu oft Alpträume. Wie ich auch schlecht schlief, nicht gewohnt, nicht alleine zu schlafen. Außerdem hatte ich jetzt richtig angefangen zu rauchen.

Schwerer wog, immer wieder war ich danach, oder manchmal sogar währenddessen, tief unglücklich. Ich fühlte mich verloren, wenn ich mit Marion war. Sie wollte immer, daß ich lange in ihr blieb. Wir schliefen erschöpft ein, doch wenn ich mich wegdrehte oder herunterrollte, wachte ich wieder auf. Und dachte unweigerlich an Sigrid, traurig oder träumerisch. Mir war ständig zum Weinen. Einmal weinte ich.

»Was ist?« fragte Marion erschrocken.

»Nichts«, schluchzte ich.

Ich erlaubte Marion nicht, mit mir zu tun, was ich mit Sigrid getan hatte. Kein Problem war alles, wozu sie das Diaphragma einführen mußte, oder mich einführen ließ. Natürlich hätte Sigrid auch nie meinen Schwanz in ihren kleinen Mund genommen. »Das kann ich bei dir nicht«, hätte sie gesagt. Doch wenn ich mit Marion war, wenn sie bestimmte Handgriffe machte, wenn sie sich wie eine Katze an meinen Schenkeln rieb, wurde ich wütend. Anfangs wußte ich nicht warum. Bald wurde mir klar, das war einfach Sigrids Bereich. Und sollte es bleiben.

Sigrid und ich erreichten bald wieder den Zustand unserer vorherigen, körperlichen Vertrautheit. Wir waren zärtlich, soweit man das kann, ohne miteinander zu schlafen. Wenn wir uns verstanden, also nicht immer, streichelten wir uns. Wir küßten uns auch. Wir waren uns ziemlich nah. Mein Bein zwischen ihren (meine Hand schon seltener). Etwas war immer zwischen uns.

Paul schlief mit Marion, Jürgen schlief mit Sigrid. Paul und Sigrid lagen nebeneinander und träumten. Nicht alle waren damit glücklich. Vielleicht niemand.

Sigrid fühlte sich von Jürgen »tendenziell mißachtet«. Vielleicht war das der Grund, dachte ich, daß sie ihn nicht verließ.

Marion fühlte sich von mir »immer wieder zurückgestoßen«. Ich fühlte mich von Sigrid schmerzlich auf Abstand gehalten. Deshalb hielt ich mich für einen unglücklichen Menschen. Marion half mir, das zu ertragen. Aber noch mit 10 Marions hätte ich mich für einen unglücklichen Menschen gehalten. Mein ganzes Leben wollte ich mich für einen unglücklichen Menschen halten, wenn ich ohne Sigrid war. Für unglücklich oder für einen Verräter. Für einen unglücklichen Verräter.

Über Jürgen weiß ich nichts. Ich nehme an, er war zufrieden, und wenn er unzufrieden war, hatte es andere Gründe, die absurde Zellteilung seiner politischen Gruppen, oder Ärger mit seiner Schule, denn die warfen ihn kurz danach hinaus.

Marion war bestimmt nicht glücklich. Andererseits war ich auch nur eine kleine Episode in der Geschichte ihrer Katastrophen, das heißt der Recherche für ihren geplanten Roman. Keine Sorge, sie wußte sich zu wehren. Das Unglück, das ich Dilettant ihr zweifellos zufügte, gab sie einfach an meinen Nachfolger weiter. Sie inszenierte ihr Drama mit Ehrgeiz und Begabung. Ich gebe zu, sie hat die meisten Schläge erhalten, aber wie lange soll ich jemanden bemitleiden, der keine zwei Wochen allein geblieben ist.

Eines regnerischen Abends las ich an der Mauer der Staatsanwaltschaft: »Ich liebe Paul. Schade.«

•

Ich war nicht gewohnt, nicht alleine zu sein. Das Bett war auch zu schmal, 1 Meter 10 Schaumstoff im Wert einer BAföG-Rate. Noch in der ersten Nacht jagte ich eine vermeintliche Mücke. Ich schloß das Fenster, machte das Licht an, turnte über das Schiff und den Arbeitstisch, mit einem Buch von Sebastian in der Hand. Mit *Zärtlich ist die Nacht*, genauer gesagt, schmetterte ich einer vermeintlichen Mücke hinterher. Erwischt habe ich sie nicht. Morgens hatte ich einen roten Fleck in der Leistenbeuge, der juckte.

In der zweiten oder dritten Nacht wachte Marion von meinen Kratzgeräuschen auf. »Hör auf«, sagte sie, ganz dämliche Krankenschwester, »das macht es nur noch schlimmer.«

Das Kratzen, das Jucken wurde allmählich zum Problem. Im Stil der Zeit suchte ich nach psychosomatischen Erklärungen, und die zweite oder dritte war: Es juckt genau da, wo es gekitzelt hat, in jener ersten Nacht. Marion hatte eine banalere Diagnose. Oben in der WG grassierte die Krätze, sie selbst sei zwar verschont geblieben, aber vielleicht habe sie mich trotzdem angesteckt? Ich ging zum Hautarzt, der verschrieb mir ohne hinzusehen dieses grauenhafte Zeug, Haut ab, hieß es danach.

Jede Nacht beim Einschlafen fing es an zu jucken. Manchmal gelang es Marion, das Jucken wegzustreicheln. Oder sie sagte: »Laß es uns probieren mit körpereigenen Säften.« Das wirkte. Aber später wachte ich doch wieder auf, meistens gegen halb fünf morgens, ich wachte auf und hatte mich gekratzt, hatte blutige Striemen durch meine weiche Haut gezogen, wie ausgepeitscht sah sie aus. Warum halb fünf, fragte sich der selbstquälerische Hobbypsychologe, wahrscheinlich war um halb fünf, was mit Sigrid war, oder nicht war.

Aber meine Krankheit ließ sich von psychologischen Erklärungen leider nicht beeindrucken. Ein zweiter Hautarzt verschrieb mir Schlafmittel »zur Ruhigstellung« und Christoph schickte mir eine Kräutersalbe nach Kreuzberger Rezept. Einmal schmierte mich Marion mit Olivenöl ein. Ich stand nackt oben in der frühlingskühlen Küche, auf dem alten Zeitungspapier. Vor Cortison-Präparaten war ich gewarnt.

Ich schlief schlecht, und wenig, und wenn ich ehrlich war, am liebsten alleine. Marion brachte eine Wärme ins Bett, die meinen Juckreiz objektiv begünstigte. So wurden die gemeinsamen Nächte kürzer, das heißt, ich verließ ihr Bett nach dem Sex. Das fiel mir nicht schwer. Schon auf der Treppe fühlte ich mich wohler. War sie bei mir, schickte ich sie weg. Ich weckte sie auf und schickte sie weg. Marion fand das ungerecht.

»Ich kann doch nichts dafür!«

»Natürlich nicht.«

Aber immer öfter dachte ich: Doch. Immer seltener ließ ich mich überreden. Ich fühlte mich einfach besser, wenn sie nicht da war. Ich schlief mit ihr, das wollten wir ja beide, dann schickte ich sie weg. Und ich dachte, warum nicht. Später beim Onanieren dachte ich an Sigrid, und ich dachte wieder, warum nicht.

•

Wessen Idee war es, zusammen zu »arbeiten«, das muß ihre gewesen sein. Schwer vorstellbar daß ich, wo ich doch schon auf die Bezeichnung polemisch reagierte, etwas in Richtung Künstlerpaar unternommen haben könnte. Doch ließ ich mich zu einem Versuch überreden. In der Zeit war ich leicht zu überreden, nur, später hatte man nicht viel davon.

Sie saß an meinem Schreibtisch und schrieb. Ich hockte vor dem Gitarren-Verstärker oder machte Überspielungen mit zusammengeliehenen Tonbandgeräten. Marion brachte zwei Kartons alte Tagebücher nach unten, »Vorarbeiten für einen Roman«. Es befriedigte sie sehr, mit mir »zusammen zu arbeiten«. Sie kam zum Frühstück nach unten und blieb, und vor lauter Zufriedenheit vergaß sie sogar, sich über meine nächtlichen Ungerechtigkeiten zu beschweren.

Mit Marion im Zimmer kam ich zu überhaupt nichts mehr. Besonders ungern ging ich an den Schreibtisch, das heißt an meine freie Hälfte. Ich mußte es manchmal, es ging um diese Bildergeschichte für die Hülle der dritten Kassette. Ich saß neben Marion und sah wie betäubt in den Garten, den ich nicht betreten durfte. Ab morgens um 10 knallte die Sonne direkt in mein Gesicht. Marion störte das nicht. Sie liebte die Sonne. Sie sagte, das sei praktisch, man könne gleichzeitig am Roman arbeiten und braun im Gesicht werden. Ich hatte das Gefühl, ich sah nichtmal das Papier.

Ich verlor rapide die Lust daran. Ich gab nicht direkt Marion die Schuld. Doch war bald zu sehen, daß es einfach nicht funktionierte, geblendet am Schreibtisch zu sitzen, neben Marion und ihren Tagebüchern. Das war nicht meine verwirklichte Utopie. In meiner Utopie war ich allein, jedenfalls am Schreibtisch allein. Es war Marions Utopie.

Marion spürte oder behauptete immer noch Seelenverwandtschaft. Vielleicht verwechselte sie mich auch einfach mit einer Figur aus ihrem Roman. Marion war Yoko-Aneïs-Simone, und ich kam mir vor wie erschossen. Letztlich fühlte ich mich neben ihr am Schreibtisch genauso unwohl wie neben ihr im Bett. Juckreiz spürte ich tagsüber zwar nicht. Aber ich empfand es als Erleichterung, wenn zum Beispiel oben das Telefon ging. Wir konnten es durch die weit offenen Fenster hören. Die anderen waren morgens nicht da, sie gingen alle arbeiten, woran man sieht, die Zeiten hatten sich bereits geändert.

Manchmal ging ich nach oben ans Telefon. Manchmal war Sigrid dran. Telefonieren konnte ich mit Sigrid ganz gut in der Zeit. Auf die sichere Distanz verstanden wir uns prächtig. Auch über intime Dinge konnten wir reden. Wenn Sigrid am Telefon sagte: »Leider kann ich ja nicht mehr einfach so vorbeikommen«, sagte ich ja, zu dem »leider«. Ich fühlte mich wohl in der leeren Küche, mich störte nichtmal der Schmutz, ich war ja nicht mehr verantwortlich dafür.

Nach solchen gutgelaunten Gesprächen, die oft genug mit einer Verabredung endeten, war ich einfach froh, froher als ich je mit Marion war, und froh ging ich zurück in mein Zimmer, wo ich überrascht feststellen mußte, daß es nicht mehr meins war. Marion saß an meinem Schreibtisch und weinte und schrieb, Vorarbeiten für einen Roman.

Natürlich litt Marion, wenn sie mitbekam, was ich mangels schlechtem Gewissen gar nicht verheimlichen wollte. Sie litt darunter und gleichzeitig, dachte ich, war es für sie Material, Inspiration für mindestens fünf hastige Tagebuchseiten, auf diesem Umweltschutzpapier, würde ich sowieso nie machen, dachte ich, welchen Sinn haben schon Aufzeichnungen, die sich nach 10 bis 15 Jahren selbsttätig kompostieren? Was ich mache, soll haltbar sein.

Marion hätte es ja leicht unterbrechen können, das kranke Spiel, durch Entscheidungen, die auf der Hand lagen. So sieht es jedenfalls aus, wenn ich zurückblicke. Aber nein, sie fing nur an, es zu »problematisieren«. Das heißt, wir redeten mit erheblichem Aufwand aneinander vorbei.

Auf Sigrids Anrufe zu verzichten, fiel mir nicht ein. Zumal ich manchmal tagelang vergeblich darauf wartete. Zumal auch

Marion angerufen wurde, zum Beispiel von diesem linken Dozenten, der gerne mein Nachfolger werden wollte.

Von Sigrid angerufen zu werden war mir wichtiger, als mit Marion am Schreibtisch zu sitzen. Diese Reihenfolge war unumkehrbar, und schon der Versuch dazu lächerlich.

Marion fing an, mir Vorwürfe zu machen. Sie sagte: »Sigrid würdest du nachts nicht rauswerfen.« Diese These fand ich dann doch gewagt. Mein körperlicher Zustand war wirklich miserabel. Meine glatte, weiche, etwas zu weiße Haut, die Sigrid immer gerühmt hatte, im Kontrast zu Jürgens wahrscheinlich, wurde hart, narbig, alt. Ich rauchte inzwischen mindestens genausoviel wie Marion. Auch morgens schon, gegen zehn. Der Hautarzt verschrieb mir Beruhigungstabletten.

In einem erstaunlichen Kraftakt habe ich schließlich beides abgesetzt. Ich erklärte mein Zimmer zur rauchfreien Zone. Ich hielt mich eisern daran, und Marion mußte dann eben in den Flur zum Rauchen. Die einzige, die nach wie vor in meinem Zimmer rauchen durfte, und die es tat, vergnügt mit gespreizten Beinen in ihrer roten Hose auf dem roten Schiff sitzend, war Sigrid.

Marion sagte traurig, sie könne nicht schreiben ohne zu rauchen. Das war einer der Gründe, weswegen sie diesen Versuch, »eine gemeinsame Ebene zu finden«, auf dem Papier ausgerechnet, zu meiner großen Erleichterung nach genau 17 Tagen aufgab.

Zu beschreiben, wie wir uns trennten, habe ich keine Lust. Warten wir auf Marions Roman.

Ich hatte keine neuen Argumente. Neu war eigentlich nur die Einsicht, daß ich es nicht aushielt, daß ich krank war, daß

Marion mir nicht helfen konnte, im Gegenteil, daß es so schlimm war, daß sich irgendetwas, fast egal was, ändern mußte, daß ich nur subtrahieren konnte, daß ich schleunigst aus allem heraus mußte, auch oder vor allem aus Marions warmer Umarmung.

Ich wollte wieder einfacher leben. Und vermutlich wollte ich büßen. Verrate den Verräter, sang einer meiner Helden. Ein Autor, den ich wirklich ernst nahm.

Ich versuchte, Marion zu bewegen, daß sie mich verließ. Ich bin mir nicht sicher, ob das ein ritterlicher Zug war. Vielleicht doch eher Feigheit. Entscheidungen waren nie meine Stärke, und mit Freundinnen lief es im Grunde wie später mit den Musikern, sie sagten irgendwann: »Ich gehe«, und ich sagte nach einer Pause müde: »Okay.« Dann gab es noch den Versuch einer sogenannten »rein sexuellen Beziehung«. Das war widerlich. Dann war Schluß. Und wir waren nicht mehr befreundet.

Der Dozent grinste verlegen, wie der Anwalt eines erfolglosen Musikers, als wir uns an der Ampel begegneten. Ich exmatrikulierte ihn.

Ach ja, die Mauer der Staatsanwaltschaft wurde frisch gestrichen und mit Stahlseilen bespannt, die aussahen wie überdimensionale Gitarrensaiten. Schon im nächsten Frühjahr begann sich der Efeu darüber zu ranken. Oder war es Wilder Wein? Heute noch zu finden unter der Oberfläche grüner Schmarotzer: Mehrfach verbesserte Sätze und das Blechschild der Gartenbaufirma, in der Jürgen seine Lehre begann.

EINE BLÖDE GESCHICHTE

»Lohnt sich das denn?« fragte der dicke Polizist nervös. »Kinder, Kinder! Lohnt sich das denn?« Ich lag auf dem Rücken und sah in den schmutzigen Himmel. Ich sah Jürgen, der neben mir auf der Straße kniete. Ich sah die anderen, die sich im Kreis um uns aufgebaut hatten. Sie hatten ihre Helme abgesetzt, als läge ich schon im Sarg. Sie warteten auf die Rede, aber keinem fiel etwas ein. Doch, einem fiel ein, seinen Fotoapparat zu zücken.

»Liegenbleiben!« sagte Jürgen und drückte meine Schultern an den Boden.

»Bist du bescheuert!« schrie ich.

»Liegenbleiben! Der Krankenwagen muß gleich da sein.«

»Was ist?« fragte der dicke Polizist und beugte sich herunter. »Halluziniert er schon?«

Jürgen schrie die Amateurfotografen an:

»Was steht ihr hier so rum und glotzt?«

»Nachhause gehen sollt ihr«, brummte der dicke Polizist. »Oder reicht euch der eine noch nicht?«

Ich lag auf der Straße und sah in den staubigen Himmel.

Wie ruhig es sein konnte mitten in der Stadt. Jürgens Hand lag auf meiner Brust. Das fand ich schön.

»Lassen Sie mich durch, ich bin Arzt.«

Ein kantiger Koffer knirschte auf den Asphalt. Der Mann war wirklich Arzt, er konnte Puls fühlen, ohne auf die Uhr zu sehen. Er zog meine Augenlider auseinander und fragte:

»Tut es weh?«

»Natürlich.« Er drückte an meinem Schädel und murmelte, ich hätte »Glück gehabt.«

»Nein, einen Helm«, sagte Jürgen.

Der Krankenwagen rumpelte auf den Bürgersteig. Zwei Sanitäter öffneten die Heckklappe und holten die Bahre heraus. Eine Seite schepperte auf den Bordstein, woraufhin der Rangniedere vom Ranghöheren angeschnauzt wurde. Der Arzt tuschelte mit dem dicken Polizisten. »Kinder, Kinder«, sagte der dicke Polizist erschüttert. Die Sanitäter schoben mich in den Wagen. Jürgen stritt sich flüsternd mit dem Anschnauzer. »Piß dich nicht an, Knochenbrecher«, verstand ich. Lachen tat leider weh.

Der Motor wurde angelassen. Die Türen fielen zu, und ich merkte, daß Jürgen bei mir war. Wir fuhren los. Ich sah einen Baumwipfel mit den ersten Knospen des Jahres.

Wir fuhren und hielten wieder an. Wir fuhren und hielten wieder an.

»Wie geht es dir?« fragte ich Jürgen.

»Geht so. Und dir?«

»Mir ist etwas schlecht.«

»Fahrt gefälligst ein bißchen vorsichtiger!« schrie Jürgen nach vorne.

Da stellten sie die Sirene an. Das fand ich gut, endlich mal mit Blaulicht fahren. Ich konnte nicht richtig gucken, weil ich angeschnallt war und Jürgens Hand auf meinem Bauch lag. Das fand ich schön.

»Ich seh die blauen Häuser«, sagte ich.

»Was?«

»Ich seh die blauen Häuser!«

Plötzlich war ich wütend, daß er mich nicht verstand.

•

In der Notaufnahme war es langweilig. Ohne Blutfontänen wird man da einfach nicht ernst genommen. Ich ärgerte mich, daß ich nichts zu lesen mithatte. Ich hatte auch niemandem zum Reden. Jürgen war mit meinen wasserdicht verpackten Papieren verschwunden.

»Kennen wir uns nicht?« fragte der bärtige Krankenpfleger, der mich rasant durch die Gänge schob. Bei jedem Hindernis zuckte ich zusammen. Im Fahrstuhl roch ich seinen Mundgeruch. »Was kommt jetzt?« fragte ich beklommen. »Röntgen«, sagte er, und drückte einen der unteren Knöpfe. Der Mann im schweren Kittel meinte dann auch, ich hätte »Glück gehabt«.

Wenig später lag ich zwar in einem richtigen Bett, aber immer noch auf dem Flur. Eine Krankenschwester mit klingelnden Fußreifen stöckelte vorbei. Irgendwo klackerte eine IBM Kugelkopfmaschine, und ein billiger Radiolautsprecher spielte höhnisch *Words don't come easy.* »Renate, ihr Kaffee!« rief eine Frauenstimme. Wenig später fragte eine andere Stimme, die mich schlagartig in den Kindergottesdiensthelferkreis zurückversetzte, direkt über meinem Kopf:

»Wer sind Sie denn?«

»Paul Schade.«

»Und was machen Sie hier?«

»Ich liege hier.«

»Das sehe ich.«

Ich schaffte es, den Kopf zu drehen. Die Stimme gehörte einer Nonne. Gütig sah sie nicht aus, aber das wäre auch zu viel verlangt gewesen.

Ich sagte ernst: »Ich bin geröntgt worden. Das Resultat war negativ, also positiv.«

Die Nonne sagte: »Ich nehme ihre Personalien auf.«

Das konnte ich nicht verhindern. Sie fragte nach der Uhrzeit, die wußte ich nicht. Sie fragte: »War es ein Arbeitsunfall?«

•

Ich bekam einen Fensterplatz. Ich sah direkt auf den anheimelnd schwarzen Kirchturm. Das Zimmer war auch nicht schlecht, passend dekoriert mit ausgeschnittenen Kalenderblättern und bemannten Kreuzen. Jürgen kam rein ohne anzuklopfen und behauptete: »Alles okay.«

»Was soll der Scheiß überhaupt?«

»Es hat dich leider erwischt, mein Lieber.«

»Was hat mich erwischt, mein Nichtlieber?«

»Du hast leider was an den Kopf gekriegt.«

»Das habe ich schon gehört.«

»Du hast ganz schön Glück gehabt.«

»Das habe ich auch schon gehört. Wie wärs, wenn du mal genauer würdest.«

»Das sehe ich anders«, sagte Jürgen knapp.

»Wieso habe ich was an den Kopf gekriegt«, fragte ich störrisch, »einen Polizeiknüppel oder was?«

»Quatsch doch nicht, einen Stein!«

»Seit wann schmeißen die Bullen mit Steinen?«

»Die Bullen doch nicht.« Pause. »Du hast eins unser Argumente an den Kopf gekriegt. Genauer gesagt schon das erste.«

»Hab ich nichts von mitgekriegt.«

»Ist auch besser so.«

»Welcher Idiot war das?«

»Ist doch egal. Das war doch keine Absicht, Mann. Sowas passiert eben.«

•

»Na, wie gehts uns denn?« fragte der junge Doktor gut gelaunt.

»Weiß ich doch nicht«, antwortete ich schlecht gelaunt.

Er reichte mir seine große, weiche Hand. Er behauptete, ich hätte »großes Glück gehabt«. Ich nickte resigniert.

»Hat sich das denn gelohnt?« fragte er noch.

»Was?«

»Der *Tunnel* ist doch längst nicht mehr, was er mal war.«

»Stimmt«, sagte ich.

Auf die Frage, ob ich einen »Filmriß« hätte, gab ich mißtrauisch zu Protokoll: »Ich ging friedlich spazieren. Und plötzlich: Zack.«

•

Die ersten Nacht war übel. Für andere war sie vielleicht wunderbar lauschig, aber mir war übel. Die Nachtschwester machte Scherze, und der Klingelknopf am Kopfende funktionierte dann nicht. Ich konnte nicht schlafen, schwitzte wie verrückt, und mein Nachbar knirschte schaurig mit den Zähnen. Zum Glück war die Nacht um halb vier zuende. Nach dem Frühstück war ich wieder fit.

Es lagen insgesamt vier Leute auf dem Zimmer. Ein vierzigjähriger Architekt vom Hochbauamt (»Ist das was religiöses?« scherzte die Nachtschwester) kurierte an den Folgen seines zweiten Motorradunfalls. Das war der Zähneknirscher. Ein junger Basketballer mit Bänderriß, ausgeliehen von der überfüllten Chirurgie, turnte schon wieder provokativ herum. Gegenüber ein grauhaariger Rentner, der alle Ärzte beim Namen nannte, sein Leiden blieb verborgen. Und ich, Kopfschmerzen und »Glück gehabt«, mein Leiden blieb auch verborgen.

Sigrid war mein erster Besuch. Ich hatte sie lange nicht gesehen. Sie kam ans Bett und küßte mich. Als ich die Arme hob, wich sie gleich zwei Meter zurück. Dann warf sie die Kinderschokolade aufs Laken.

»Marion hat mich angerufen«, sagte sie angewidert. »Eine blöde Geschichte.«

»Was machen deine Prüfungen?« fragte ich.

»Denen gehts gut.« Ich nickte befriedigt.

»Darfst du aufstehen?« fragte sie. »Wollen wir vielleicht mal rausgehen? Ich möchte gern eine rauchen.«

Ich stand auf und zog unsicher meine Jeans an. Langsam schritten wir den feucht gewischten Flur herunter.

»Geht es?« fragte Sigrid.

»Es pocht ein bißchen im Kopf. Das kommt sicher vom Liegen.«

»Du siehst ganz bleich aus.«

»Du auch.«

Am Ende des Gangs, hinter Rauchglaswand und Topfblumenwald, war die Raucherecke. Von einem meterhohen Kreuz hing der erste Patient und sorgte für Atmosphäre. Sigrid setzte sich zu seinen Füßen und zündete die erste Zigarette an.

»Was ich nicht verstehe«, sagte sie, »wie konnte das überhaupt passieren? Ich dachte, du hättest nichts mehr damit zu tun?«

»Hatte ich auch nicht«, sagte ich niedergeschlagen. »Ich glaube, ich wollte einfach nur zugucken.«

»Ich meine, ausgerechnet für den *Tunnel* auf die Straße zu gehen...«

»Der *Tunnel* ist doch längst nicht mehr, was er mal war.«

»Genau.«

»Was war er denn eigentlich?« fragte ich interessiert.

»Paß auf, du brennst dich.«

»Ein elender Mitläufer bin ich«, sagte ich verzweifelt. »Jürgen...« Ich sah in ihr Gesicht, als ich testweise den Namen nannte. »Jürgen hat mich auf der Treppe gefragt. Und im Zuge meines Seid-wieder-nett-zu-den-Nachbarn-Programms...« Sigrid schnaubte mehrdeutig.

»Ist ja auch egal«, sagte ich weltläufig. »Darf ich auch eine Zigarette?«

Ich nahm mir eine, sie gab mir Feuer, und ich begann ungeschickt zu rauchen.

»Es war mehr eine Geste. Zufall.«

»Zufälle gibt es nicht«, sagte sie. »Jedenfalls ist das meine Meinung.«

»Jedenfalls führt es dazu, daß du mich besuchst.«

»Das hätte ich sowieso getan.«

Ich beugte mich herüber und küßte sie spitz auf den Mund.

»Ich hatte nur keine Zeit. Das verstehst du doch. Wegen den Prüfungen.«

»Keine Zeit, das gibt es nicht. Jedenfalls ist das meine Meinung.«

»Arschloch«, sagte sie. Ich war glücklich.

•

Ein paar Stunden später saß ich mit Marion an derselben Stelle. Das heißt, ich saß, sie stand. Sie lehnte mit der Schulter an der Wand. Alle Stühle waren besetzt mit männlichen Verwundeten und schwangeren Frauen. Ich trug einen weißen Bademantel und geliehene, zu kleine Pantoffeln. Marion trug buntes Zeug. Sie fiel auf, wie immer.

Ich las das Flugblatt, das sie mir mitgebracht hatte. Ein Flugblatt über mich. Es stand aber nur mein Vorname drin, und die Überschrift lautete: *Das dritte Opfer der Repression.*

»Ihr habt sie ja nicht mehr alle«, sagte ich. Mehrere Verwundete sahen mich an.

»Ich bin unschuldig«, sagte Marion. Mehrere schwangere Frauen sahen sie an. »Ich hab es nicht geschrieben«, ergänzte sie errötend.

»Volksverarschung!« rief ich wütend aus.

»Genau!« brummte mein Nachbar.

»Wenn ihr das verteilt, seid ihr verrückt! Ich sage dir, das geht nach hinten los!«

»Schrei nicht so!«

Ein Telefon klingelte.

»Das ist schon verteilt worden«, sagte Marion gehässig. »Oder jedenfalls sind sie schon dabei.«

»Ich mach ein Gegenflugblatt!«

»Du bist verrückt!«

»Wieso hat mich keiner gefragt!« schrie ich jetzt richtig.

»Seit wann willst du gefragt werden«, sagte sie spitz, »das ist ja wieder ganz was neues.«

»Wer liegt denn hier und hat Kopfweh, he? Du vielleicht?«

Kopfschüttelnd erwog sie die Reize meines Verwundetenaufzugs.

»Ihr könnt mich doch nicht einfach zum Helden ernennen! Ganz abgesehen davon, daß es gelogen ist!«

»Weko hat gesagt, es schafft Betroffenheit.«

»Weko kann mich mal. Aber kräftig!«

»Und daß man rechtzeitig mobilisieren muß. Falls es zum Prozeß kommt.«

»Der Prozeß kann mich auch mal.«

Genau in dem Moment kam die Nonne mit der Kindergottesdienststimme an:

»Hören sie mal, junger Mann, die Füße lassen wir aber unter dem Tisch.«

»Du kannst mich!« sagte ich.

Sie meinte unerschüttert: »Das ist hier ein Krankenhaus. Und kein Spielplatz.«

•

Der alte Mann kam vom Land, und der Krankenhausaufenthalt war seine weiteste Reise seit Stalingrad. Nachmittags kam das halbe Dorf zu Besuch. Schwere, alte Frauen in steifen, grauen Mänteln besetzten sämtliche Stühle und wiederholten tausendfach die unverstandene Diagnose. Der Hochbaubeamte kriegte Besuch von seiner geschiedenen Frau, der Basketballer von einer Klasse Zehnjähriger, die er anscheinend trainierte. Zeitweilig waren an die dreißig Leute in dem nicht besonders großen Zimmer. Schließlich hatte der Basketballer ein Einsehen und lockte die kaugummikauende Meute in die Kantine, bzw. »nach unten«.

Kurz darauf kam Ursi. Sie setzte sich auf den Bettrand und küßte mich zur Begrüßung. Ansonsten hatten wir uns nicht viel zu sagen, bzw. ich sagte ihr dasselbe, was ich Marion gesagt hatte.

Gegen sechs war der Spuk zuende, und der Fernseher wurde angeschaltet. Irgendwelche Wahlen waren gerade zu Ende gegangen, und sie folterten mich mit Hochrechnungen, alle fünf Minuten eine neue. Die SPD erlitt Verluste. Die Nonnen kamen und verteilten Bierflaschen zur Belohnung.

Nach qualvollen Stunden bat ich mit ersterbender Stimme, den Fernseher abzuschalten. Der Architekt verwies auf den Rentner. Der hatte sicherheitshalber nicht zugehört. Ich sagte hochsprachlich: »Entschuldigen Sie bitte, könnten wir vielleicht eine Zeitlang den Fernseher abstellen?« Der Rentner stierte in die Röhre. Gerade ging es um das Wahlverhalten der Kurzhaardackel. Ich wiederholte meine Fragen mit leichten Variationen. Schließlich, als ich schon gar nicht mehr damit rechnete, antwortete er: »Gleich kommt...« Es kam irgendwas, Tagesschau oder so. Ich sagte, ich hätte Kopfschmerzen. Ich hatte Kopfschmerzen.

»Sie sind eben viel zu früh zum Klo gegangen«, sagte der Rentner: »Ich habe mich gleich gedacht, aha, der steht aber früh auf, dafür daß er gestern so krank war.«

»Würden Sie bitte den Fernseher ausmachen! Ich habe Kopfschmerzen! Sie haben doch schon stundenlang ferngesehen!«

»Sie auch!« Das saß. »Holen Sie doch die Oberschwester!«

»Das hätten Sie wohl gerne.«

»Den ganzen Tag mit ihren Mädchen rumpoussieren, aber wenn ich die Wahlsendung sehen will, auf einmal Kopfschmerzen haben! Da muß ich ja lachen!«

»Sie können ja lesen«, schlug ich müde vor.

Darauf reagierte er überhaupt nicht mehr.

»Hast du wirklich Kopfschmerzen?« fragte der Basketballer.

Er erlöste mich. Der alte Mann drehte sich beleidigt zur Wand. Später weinte er.

•

Abendessen. Ob jemand Kommunion will. Beleidigte, laut betende Nonne im Flur. Ich saß im Treppenhaus, einem schmalen Nebentreppenhaus, und rauchte. Aus dem Keller drangen Maschinengeräusche. Ich dachte über mein Leben nach. Leider fiel mir nichts ein.

Unruhige Krankenhausnacht. Träume von zuhause, vom Rumlaufen im Sommer, von der Freiheit (ein Begriff, der plötzlich entstand), vom Meer. Brutales Wecken. Rrrr Rasiermäher. Das ist hier ein Krankenhaus und keine Badeanstalt.

Der Architekt und der Basketballer fachsimpelten über Motorräder. Anschließend über Knochenbrecher. Sie waren Spezialisten. Zum Bettenmachen mußten alle nach draußen. Auf Krücken nach draußen.

•

»Hallo Jürgen! Dein Flugblatt ist Scheiße.«

»Es ist nicht mein Flugblatt.«

»Ich weiß. Niemand hat es geschrieben. Ihr seid alle unschuldig. Aber es ist trotzdem Scheiße.«

»Von dir war ja nichts anderes zu erwarten.«

»Mag sein.«

»Waren die anderen schon da?«

»Wer?«

»Die Bullen natürlich.«

»Nein.«

»Du weißt, was du zu sagen hast?«

»Nichts.«

»Genau.« Jürgen atmete auf. »Übrigens, von wem hattest du nochmal den Helm?«

»Von einem Bekannten. Sebastian heißt er. Wieso?«

»Hat Sebastian ein Motorrad?«

»Ich glaube kaum, daß er es dir leihen würde.«

»Du könntest es geliehen haben«, sagte Jürgen schlau. »Weil soviele Polizisten in der Nähe waren, dachtest du an nichts böses. Laß das mal den Anwalt machen. War nur so eine Idee.«

»Du immer mit deinen Ideen.«

»Einer muß ja die Ideen haben.«

»Nur daß ich keinen Motorradführerschein habe«, sagte ich hämisch.

•

»Ich habe dir was mitgebracht«, sagte Sigrid fröhlich. Zwei Taschenbücher für den kranken Verschmähten, ein Krimi von Patricia Highsmith und das gelbe Buch von Aneïs Nin. Frauenliteratur, haha.

»Hast du schon das Flugblatt gelesen?« fragte ich beim Blättern.

»Reg dich nicht auf.«

Ich, plaudernd: »Was machst du eigentlich, wenn du fertig bist?«

»Ich gehe nach Frankfurt.«

»Was?«

Ich richtete mich steil im Bett auf, wofür mich ein stechender Kopfschmerz strafte.

»Wußtest du das nicht? Ich hatte mich doch beworben.«

»Du gehst weg«, sagte ich erschüttert.

»Das war doch klar«, sagte sie ruhig.

»Und was sagt Jürgen dazu?«

»Er läßt dich grüßen.«

Wir gingen ins Treppenhaus, wo ich jetzt immer hinging, wenn ich meine Ruhe haben wollte (die mit dem Maschinenlärm). Wir rauchten und umarmten uns ein bißchen.

»Ich bin froh, daß ich wegkomme«, sagte Sigrid. »Langsam ödet es mich wirklich an. Du kannst ja nicht mitreden, du bist ja nicht geboren hier.«

Ich sah sie trübe an.

»Ich möchte ein paar größere Kreise ziehen«, sagte sie. »Auf die Dauer gesehen ist es vielleicht nichts besonders. Aber ich finde, es hört sich noch ganz spannend an.«

»Ist doch bestimmt viel Routine, oder?«

»Die hast du überall.«

»Man muß jeden Tag früh aufstehen«, sagte ich schaudernd, »und mit der überfüllten U-Bahn fahren. Wenn man abends noch einkaufen gehen will, kriegt man keinen Einkaufswagen und muß stundenlang vor der Käsetheke warten. Ekelhaft...«

»Ich nehme wahrscheinlich mein Fahrrad mit. Ich brauch doch nicht viel. Und außerdem, von nichts kommt nichts. Wenn ich jetzt keine Initiative ergreife, lege ich mich erstmal auf die faule Haut. Das will ich vermeiden.«

»Wann ziehst du um?«

»Ach, erst in drei Monaten. Ich ziehe doch nicht vor den Zeugnissen um. Außerdem muß ich erstmal die Prüfung bestehen.«

»Wirst du schon.«

»Glaube ich auch.«

»Naja, vielleicht sollte ich auch mal umziehen.«

»Du kannst mich ja mal besuchen kommen.«

Ich sagte, das würde ich machen. Sie sagte, sie würde bestimmt nicht viel Besuch kriegen. »Jürgen kriegt seinen Arsch bestimmt nicht hoch.« Dann ging es darum, was sie in der Zwischenzeit machen könnte. Sie wollte nochmal in Urlaub fahren. Ich fragte, wohin. Sie sagte, wahrscheinlich in den Süden. Dahin, wo ich noch nie war.

»Allein?«

»Nicht allein.«

•

Wenig später riefen meine Eltern an. Das Kundentelefon war am Ende des Flurs, die Fußreifschwester kam rein und sagte »Klingelingeling.«

Mein Vater fragte, wie es mir ging. Offenbar hatte Marion angerufen, »deine Freundin«, wie er sie nannte, und ich konnte ja schlecht fragen, wen er damit meinte. Meine Mutter forderte mich auf, »nachhause« zu kommen. Ich sagte, ich würde es mir überlegen. Christoph könnte mich abholen, hieß es.

Ich las abwechselnd in Sigrids beiden Büchern. Der alte Mann fragte, ob er den Fernseher anschalten dürfte. Ich hatte nichts dagegen. Einträchtig sahen wir Kinderfunk.

Abends kamen die Ärzte.

»Wie gehts?« fragte der junge Doktor.

»Es geht.«

»Keine Beschwerden mehr?«

»Nur das übliche.«

»Wieso üblich?«

Ich sagte, ich hätte sozusagen immer Kopfschmerzen. Besonders im Sommer. Er sagte: »Das hört sich aber psychisch an.« Ich sagte, meiner Meinung nach läge es mehr »an der Scheißluft hier in der Stadt.«

»Wieso?« fragte der junge Doktor irritiert. »Gefällt ihnen unsere kleine Stadt nicht mehr?«

Vielleicht war die Luft besser, da wo er wohnte.

Und doch merkte ich mir zustimmend folgende Diagnose: »An ihrer Stelle würde ich mal ein bißchen mit meinen Lebensumständen experimentieren. Sie sind doch jung und ungebunden. Sie scheinen mir sehr belastet zu sein. Vielleicht fehlt ihnen auch einfach nur die Regelmäßigkeit.« Sogar der Ansager im Fernsehen machte eine Pause für seine wahren Worte.

»Wann kann ich raus?«

»Das kommt darauf an. Es muß jemand da sein, der sich um sie kümmert.«

»Meine Mutter war Krankenschwester«, sagte ich triumphierend.

•

Am nächsten Morgen packte ich meine Sachen, leistete 27 oder 28 Unterschriften und langweilte mich ausgiebig. Als Christoph endlich kam, warteten die anderen schon aufs Mittagessen. Ich sagte auf Wiedersehen und wünschte allgemein gute Besserung. Sie mir auch.

Wir fuhren zum Haus. In meiner Wohnung packten wir zusammen, was ich noch brauchte. Meine zwei Topfblumen brachte ich nach oben. Ich wollte lange weg bleiben.

Die Tür war offen wie immer. Ich ging in die Küche und stellte die Blumen auf den halb abgebeizten Küchenschrank. Der Hund Alibi lag auf dem schäbigen Sofa und hob zum Abschied ein Ohr. Gerade hatte ich »Liebe Ursi!« auf den Zettel gemalt, als Marion reinkam.

»Du bist draußen?« fragte sie verwundert.

»Wie du siehst.«

»Und? Was jetzt?«

»Die ganze Jacke ist versaut«, sagte ich wütend. »Da! Gucks dir an!« Ich drehte ihr den Rücken zu.

»Reinigen lassen«, empfahl Marion schulterzuckend.

»Reinigen lassen! Ich bin doch kein Krösus! Den Helm muß ich auch schon bezahlen!«

»Um die Anwaltskosten brauchst du dir jedenfalls keine Sorgen zu machen. Und den Rest... Naja, Weko meinte, wir machen vielleicht eine Fete.«

»Ich will keine Fete! Ich hasse Feten!«

»Du bist unmöglich, Paul. »

»Ich weiß. Übrigens, ich fahre zu meinen Eltern.«

»Warum?«

»Weil ich die Schnauze voll habe.«

Darauf sagte Marion nichts. Ich sagte, sie sollte bitte meine zwei Blumen gießen. Oder noch besser, es Ursi sagen, daß sie sie für mich gießen sollte. Und sie sollten bitte meine Briefe nachschicken, falls ausnahmsweise welche kamen. Solange, bis der Nachsendeauftrag in Kraft trat.

»Hat das was mit uns zu tun?« fragte Marion am Schluß.

»Es hat mit allem was zu tun.«

»Ich möchte mal wissen, was ich dir getan habe.«

»Nichts«, sagte ich. »Noch nichts.«

Wir sahen uns an.

»Mein Bruder wartet unten«, sagte ich schließlich. Ich trug ihr noch Grüße auf. Und dann umarmten wir uns zum Abschied.

•

Wir fuhren weg. Christoph fuhr. Die Strecke war dieselbe, die ich mit Sigrid gefahren war. Natürlich erinnerte ich mich. Ich konnte gar nicht anders, als mich zu erinnern. Ich würde mich noch jahrelang erinnern, ganz gleich welche Strecke ich fahren würde.

Ich wollte nicht sprechen. Christoph fing ein paar Sätze an, aber ich sah nur stur geradeaus. Schließlich wollte er wissen, ob ich schlechte Laune hätte. »Mh«, machte ich.

Etwas später lief das Radio, und wir hörten ungewöhnlich gute Musik. Irgendwo gab es einen Discjockey, der noch nicht völlig verblödet war.

Noch später machten wir Pause und tranken den weitgereisten Kaffee aus der uralten, grünen Blechthermoskanne. Die Sonne schien, meine Schmerzen waren weg, und ich spürte, es war richtig, die Stadt verlassen zu haben. Begeistert verkündete ich:

»Die können mich alle mal.«

»Wer?«

»Die ganzen Idioten! Ich werde einfach mein Leben ändern! Dagegen können sie nichts machen!«

»Was willst du machen? Vielleicht einen Film?«

»Einen Film? Ach nein. Schon eher Examen.«

»Kennen die dich überhaupt noch?« fragte Christoph mit dem ganzen Spott des älteren Bruders.

SO GUT WIE NIE

Ich trank die dritte Tasse Kaffee und blätterte in einer dieser kostenlosen Werbezeitungen. Das waren die einzigen Zeitungen, die ich zu der Zeit noch las, Flugblätter und immer mehr Werbung. Ich nahm immer alles mit, ich kannte alle Preise, und ich hatte immer genug Papier, um den Ofen anzumachen.

Ich trank den letzten Schluck Kaffee und spülte die einzige Tasse aus. Ich trocknete sie nicht ab, weil ich Abtrocknen immer noch bürgerlich fand. Ich knotete die kleine Mülltüte zu und brachte sie nach unten.

Die Holzstufen im Treppenhaus hatten immer noch die Narben von den Brandbomben des Zweiten Weltkrieges. Das alte eiserne Waschbecken im Flur stammte vermutlich aus dem Ersten. Gegenüber meiner Wohnungstür hing ein Zahnarztschild in Frakturschrift, darunter blaue Klebestreifen mit türkischen Namen. Auch das war bereits Geschichte, denn das Haus stand fast völlig leer. Im Erdgeschoß wohnten Säufer, die man selten sah (nur hörte). Im ersten wohnte ich, im dritten die sogenannte Wohngemeinschaft (Selbstbezeichnung). Dort hatte auch ich gewohnt, bis ich in eine der leerstehenden Wohnungen gezogen war. Dem Vermieter kann es egal sein, hatte ich gedacht. Und allen anderen war es auch egal.

Ich brachte den Müll nach unten und sah in meinen Briefkasten. Es waren diese häßlichen Blechbriefkästen mit den aufgebogenen Ecken, und er war leer wie immer.

Die Haustür stand offen wie immer. Die Treppenbeleuchtung brannte wie immer (außer wenn sie kaputt war). Der Flur roch wie immer, feucht, kühl, und wie die Kinderbesuche bei meiner Großmutter.

Auf dem Weg nach oben entdeckte ich die Hundescheiße. Ich war nicht überrascht, denn ihr sympathischer Mischling war ungefähr so stubenrein wie seine Besitzer ehrliche Steuerzahler. Ich konnte mir nicht vorstellen, deshalb in den dritten Stock zu steigen. Ich konnte mir nicht vorstellen, jemals wieder in den dritten Stock zu steigen. Allerdings konnte ich die Scheiße auch nicht auf sich beruhen lassen.

Ich ging zurück in meine Wohnung und malte einen schrägen Pfeil auf ein weißes Blatt Papier. Ich informierte die »lieben Hausgenossen« in schlampig schöner Schrift, die ihre Aufmerksamkeit garantiert fesseln würde: »Hier liegt Hundescheiße!« Für eine zweite, schon etwas betagtere Spur ersann ich die Inschrift: »Hier auch.«

Sigrid kam in mein Zimmer und umarmte mich nachlässig. Sie trat an mein staubiges Fenster und fragte: »Hast du schonmal rausgeguckt?« Sie machte sich Sorgen wegen des Wetters. Ich sagte nicht, daß ich Regen bevorzugte, denn das wußte sie sowieso. Ich sagte nur: »Dein Auto hat doch ein Dach.«

Übrigens war es das Auto ihrer Mutter. Sigrid lebte bei ihrer Mutter. Sie war 18 Jahre alt und und genoß die Sommerferien vor Beginn des letzten Schuljahrs. Ich war 22 und hatte schon seit Jahren große Ferien.

Ich schulterte den hellen Seesack und hob einen altersschwachen Karton an. Was war da drin, Tonbänder für die ich kein passendes Gerät mehr hatte, alte Negative, und vor allem eine lückenlose Flugblattsammlung inklusive der Entwürfe und Druckvorlagen, nach der sich das historische Museum (zumindest im nächsten Jahrtausend) und der politische Staatsanwalt (zumindest innerhalb der Verjährungsfrist) garantiert die Finger bzw. Krallen geleckt hätten. Mein neues Zimmer war viel kleiner als das alte, und lieber behielt ich das rote Schiff als eine Vergangenheit, die ich (vermutlich im Gegensatz zur Staatsanwaltschaft) bereits als abgeschlossen betrachtete.

Ich wollte die Vergangenheit zu meinen Eltern bringen. Ich hatte mich nicht bei ihnen angemeldet. Erstens war das mein Stil, zweitens wußte ich auch gar nicht, was ich in ihrem neuen Haus wollte, mit Sigrid, außer meine Sache loszuwerden und mich nicht nerven zu lassen.

Gehend schrieb ich auf einen Zettel, daß ich in einer Woche wieder da sei.

»So lange?« fragte Sigrid erstaunt.

»Ich kann schlecht zurückkommen und zwischendurch einen neuen schreiben.«

Vor dem zweiten Plakat sagte Sigrid: »Ihr verkehrt wohl nur noch schriftlich miteinander.« Ich sagte nichts, als ich den Zettel in den Briefkasten mit den vielen Aufklebern warf (nach dem sich das historische Museum … usw. usf.).

Wir überquerten den romantischen Gerümpelhof. Es war wirklich ein schöner Hof, fanden alle meine wenigen Besucher, höchstens etwas dunkel. Das ganze Haus war dunkel, verfallen und romantisch bewachsen. Beamtete Umweltschützer hätten ein Paradies daraus gemacht. Tatsächlich haben sie das wenig später ja auch gemacht. Doch schon im unverfälschten Originalzustand war es eine glückliche Insel im Vergleich zum tosenden Innenstadtbetrieb, der draußen jeglichen schlagfertigen Dialog zunichte machte. Im Hof war es friedlich. Im Hof hörte man nur die Pausenklingel, nebenan war eine Schule, niemand zuhause, nur der verquollene Hausmeister suchte fluchend nach dem Schalter.

•

Der Wagen von Sigrids Mutter stand im Parkverbot. Als ich den Sicherheitsgurt anlegte, küßte Sigrid mich auf den Mund. Das hieß auf Deutsch: Gute Reise, ich fühl noch was für Dich, bitte frag mich nichts genaues.

Ich wußte, daß Jürgen in den Ferien an einer Tankstelle arbeitete. Sigrid wußte, daß ich das wußte, und deshalb mußten wir in keiner Sprache darüber reden. Wir tankten einfach woanders, das heißt Sigrid tankte und ich überprüfte den Reifendruck, stumm wie ein Tankwart.

Auf dem kurzen Stück Autobahn sprachen wir dann doch noch über Jürgen. Das ging so:

»Übrigens noch schöne Grüße von Jürgen. Wir haben uns gestern noch kurz getroffen.«

»Warst du oben?«

»Quatsch, dann hätte ich mich ja wohl gemeldet.«

Ich dankte höflich. Ich fragte, wie Jürgen »reagiert« hätte, darauf zuckte sie unwillig die Schultern. Ich wußte nicht, störte sie meine Frage oder die Erinnerung an Jürgens »Reaktion«.

An der nächsten Ausfahrt setzte sie den Blinker, wir fuhren Bundesstraße ab dann, was eigentlich nur hieß, daß wir am Rande kleiner Ortschaften langsamer fahren mußten und daß ich wieder gezwungen war, sämtliche Ortsschilder und Reklamen zu entziffern. Ich schlug eine Rast vor.

»Das lohnt sich doch noch gar nicht«, sagte sie.

»Du bist wie mein Vater.«

Den ersten Rastplatz ließen wir aus, weil er zu voll war, mindestens drei parkende Autos verdarben die Aussicht. Der zweite war frei, aber glatt und trostlos wie ein Tablett in der Mensa. Wespen summten um die neuen, orangen Mülleimer. Ich ging pinkeln in die dafür angelegte Natur.

Für die richtige Rast wagten wir uns auf die Nebenstraßen und landeten schließlich an einer Wiese, wo seit dem 18. Jahrhundert garantiert niemand mehr pausiert hatte. Wir lagen auf dem Rücken und starrten in den stürmischen Himmel. Der sah schon ziemlich norddeutsch aus, aber es regnete gerade nicht.

»Ist doch schön hier«, sagte ich.

»Ist ja schön, daß du auch mal zufrieden bist.«

Sie hatte den Kopf in die Armbeuge gelehnt und kaute einen Apfel. Sie sah eigentlich auch ganz zufrieden aus.

•

Wir kannten uns seit fünf Monaten. Ich hatte nicht vorgehabt, jemanden kennenzulernen. Es war die Zeit, als ich mich von allen zurückzog (ungefähr die elfte solcher Zeiten während meiner sogenannten Jugend). Aus Freunden wurden ehemalige Freunde, die eine Hälfte wollte Kamikaze machen und die andere ihren Frieden. In der sogenannten Wohngemeinschaft gab es Streit mit Messer und Gabel.

Ich zog zwei Stockwerke tiefer und damit praktisch in eine andere Welt. Es war nicht leicht auszubrechen, aber als ich es geschafft hatte, schlossen sie den Kreis sofort. Kaum daß man sich im Treppenhaus noch grüßte. Sicher waren meine Formen nicht die höflichsten gewesen in der letzten Zeit. Ihre auch nicht.

Ich machte nur noch meine eigenen Sachen. Ich hatte immer meine eigenen Sachen gemacht, aber während ich oben wohnte eher ratlos und mit schlechtem Gewissen. Jetzt hatte ich die Ratlosigkeit auf Band und übte ein schräges Solo dazu.

Meistens war ich einsam. Manchmal war ich glücklich. Ich arbeitete von abends bis morgens.

Ich ging nur aus dem Haus, wenn es regnete oder dunkel war. Ich hatte eine ziemlich menschenfeindliche Phase. Ich traute mich nur in den ruhigen Stunden raus und kam überraschend gut damit zurecht.

Die historische erste Begegnung mit Sigrid fand im Kopierladen statt. Was sie kopierte, sah ich nicht. Vermutlich war sie wegen Jürgen da, und der kopierte wieder irgendwas für die Weltrevolution. Wir übersahen uns geflissentlich. Das heißt, ich sah quasi nur Sigrid, oder eigentlich sogar nur ihre Hände, die ein anderes Paar Hände streichelten, das zufällig auf der Gummimatte eines grauen Kopierers herumlag. Ich beschloß, mich zu verlieben.

Mit der Zeit entkrampfte sich meine Abwehr. Ich konnte es wieder wagen, die einschlägigen Lokale zu besuchen. Ich tat es systematisch und in aller Kürze. Ich betrat zum Beispiel den *Garten,* machte einen halbminütigen Rundgang, spähte kurz in die dunklen Ecken und ging gleich wieder. Es mußte schon sehr spät und sehr leer sein, daß ich mich mal an die Theke setzte, mit verworfener Miene einen Maracuja-Saft bestellte und mit dem Wirt plauderte, der Schlagzeuger war. Ich klunkerte mit den Eisstückchen, gurgelte den bittersüßen Saft und kam mir vor wie Robert Mitchum.

Ich bekam bald heraus, wo ich die Frau aus dem Kopierladen treffen konnte. Der *Tunnel* hatte wegen Anliegerprotesten schließen müssen und einige Monate später anderswo, mitten im Industriegebiet, neu eröffnet. Man erreichte ihn durch Trampen. Man wartete an informellen Haltestellen, bis einen die reichen Kinder in ihren Autos mitnahmen. Das funktionierte fast so gut wie in anderen Städten die Straßenbahnen.

Ich sah Sigrid zwei oder dreimal im *Tunnel.* Ich sah sie zwei- oder dreimal nicht, und ab da wußte ich ungefähr, an welchen Tagen sie kam. Es hing mit dem Eintritt und mit der Musik zusammen. Am Wochenende nahmen sie Eintritt und spielten Musik für die Doofen.

Ich war selten auf der Tanzfläche. Ich wollte nicht mit dem *Tunnel* identifiziert werden. Es gab genug Leute, die sich damit identifizierten und die sogar die entsprechenden Aufkleber an ihre Reiche-Kinder-Autos klebten. Ich demonstrierte auch keine Verachtung, was ja nur die andere Sorte der Reklame gewesen wäre. Ich stand einfach da, irgendwo im Halbdunkel, und verbesserte die Atmosphäre.

Ich weiß nicht, ob ich ihr damals schon aufgefallen bin. Manche hatten den beobachtenden Gesichtsausdruck und sahen nichts. Manche sahen nichtmal hin und kriegten doch alles mit. Für ihre Augen hätte sie eigentlich einen Waffenschein haben müssen.

Sie wirkte eher ablehnend. Das fand ich gleich anziehend.

Jürgen habe ich selten in ihrer Nähe gesehen. Natürlich machte ich mir darüber Gedanken, aber es waren nur die Gedanken, die ich mir immer machte. Außerdem war das letzte, was ich gehört hatte, daß Marion fürchtete, von ihm schwanger zu sein (»... aber das wäre natürlich ein Witz«).

Ich sah Sigrid tanzen. Es war wie ein einziges, großes Versprechen. Ich wurde richtig eifersüchtig auf den Rest des Publikums. Sinnloserweise, denn die fanden sich alle nur selber toll.

Sie tanzte drei Stücke lang, dann kam der Hit und sie hörte auf. Während 250 Blöde die Tanzfläche stürmten, sah ich sie aufatmen und beidhändig die Haare aus dem Gesicht streichen. Alles machte sie mit dem ganzen Körper. Und das war der Moment, wo sie mich, schutzlos im Licht stehend, zum ersten Mal ansah.

Meine Krankheit Selbstbeobachtung war ausgeschaltet. Ich ging einfach hin und fragte sie irgendwas. Und sicher ist, sie hätte mich kühl abschmettern können. Hat sie aber nicht getan. Es waren einige sehr unsichere Sekunden, doch war sie deutlich bemüht, mich nicht abstürzen zu lassen. Und nicht aus Höflichkeit. Höflichkeit war im *Tunnel* nicht gefragt.

In jedem anderen Fall, beim geringsten Zweifel, hätte ich mich abhalten lassen. Ich war immer ein schüchterner Mensch. Dem Risiko einer Ablehnung bin ich meistens aus dem Weg gegangen.

Nein, ich fühlte mich einfach unvergleichlich angezogen. Die meisten Leute konnte ich schlecht ertragen. Was für ein Interesse hätte ich an einer Nähe haben sollen, die sie (jedenfalls nach meiner damaligen Theorie) völlig unerträglich gemacht hätte. Aber plötzlich fühlte ich mich widerlegt. Plötzlich war ich bereit zuzugeben, daß ein Mensch mich retten konnte. Plötzlich wußte ich (oder glaubte zu wissen), daß es immer schöner werden würde, je näher ich ihr kam.

Ich habe sie nicht idealisiert. Ich wußte von Anfang an, welche Fehler sie hatte, oder machte, und wo sie sich gegen mich verhielt. Aber das konnte es nicht ändern, im Gegenteil.

Als ich merkte, daß ich sie ansteuerte, mußte ich schon darüber grinsen. Und da kam es auf die Vokabeln wahrscheinlich nicht mehr so an.

Ich fragte nach ihrem Namen. Ich wollte ihren Namen, um eine Erinnerung zu haben. Manchmal mache ich nur, wovor ich Angst habe. Manchmal begreife ich mein Leben als eine Kette kleiner Mutproben.

Die laute Musik zwang sie, aus nächster Nähe in meine Ohren zu brüllen, woraus schon eine spezielle Intimität erwuchs. Kleine Berührungen ließen sich nicht vermeiden. Und damit war der Stromkreis geschlossen.

Der weltbewegende Dialog kam natürlich nicht zustande. Doch der Klang sagte alles, der Klang ihrer Stimme, der lebhafte, singende Ton, diese Atemlosigkeit, das hochsprudelnde, glockenhafte Gelächter. Die Bewegung zu mir, wenn ihr wieder was einfiel. Das Wiegen in den Knien, wenn ein neues Lied begann.

Wir trennten uns im richtigen Moment: Besser hätte es gar nicht mehr werden können. Sie lief am Rand der Tanzfläche. Sie bestand jeden Test. Sie tuschelte mit ihren Freundinnen, die neugierig zu mir herübersahen. Das war das sicherste Zeichen.

Bevor ich anfangen konnte, mir Gedanken zu machen, traf ich sie wieder, und zwar ebenfalls im *Tunnel.* Die Musik war schlechter, der Laden vielleicht deshalb halb leer, und irgendwie hing eine Stimmung von drohender Prügelei in der Luft. Ich fragte, ob wir nicht zusammen zurück in die Stadt trampen wollten. Mit dem Wagen ihrer Mutter fuhr sie mich bis vor die Hofeinfahrt.

Es regnete. Sie stellte den Motor ab. Die Scheiben flossen zu und das Dach klang hohl. Ich fragte nach ihrer Nummer und bekam sie. Sie sagte tschüß, ich sagte nichts. Ich fand den Hebel nicht, sie beugte sich herüber und lachte.

•

Meine Eltern waren nicht da. Wie eine komische Art Einbrecher füllte ich die Kaffeemaschine und durchsuchte den Kühlschrank. Alles war ein bißchen luxuriöser als bei mir und ein bißchen ungemütlicher als bei Sigrids Mutter. Ich brachte den Karton in »mein« Zimmer, ein Museum der Pubertät, das ich nie bewohnt hatte. Hier standen die alten Möbel und alles, was ich nicht hatte mitnehmen wollen. Hierhin brachte ich Negative, »Ideen« und manchmal auch Bücher. Außerdem war es als eine Art letztes Versteck gedacht. Wer würde Paul Schade schon bei seinen Eltern suchen.

Wir tranken zu starken Kaffee und aßen Brote mit Reformhausmagarine. Sigrid aß wenig wie immer. Wir redeten nur flüsternd über das, was wir sahen.

Müde war Sigrid nicht, duschen wollte sie nicht, also gingen wir zusammen spazieren. Wir gaben uns vertraut und genossen das Bewußtsein, aus allen verhangenen Fenstern beobachtet zu werden. Auf harmonisch gepflasterten Spielstraßen sprachen wir über die großen Pfützen, die unbedingt zu einer gelungenen Kindheit gehörten.

Meine Eltern waren immer noch nicht da. Ich holte den guten Multivitaminsaft aus dem Keller und brachte wieder eine Botschaft zu Papier. Ich schrieb »ich«, nicht »wir«. Ich fürchtete, sie könnten im letzten Moment doch noch eintrudeln.

Kurz vor der Bundesstraße stoppten uns die Bullen. Sie wollten Sigrids Papiere sehen, das Warndreieck und das Verbandskissen. Mich ignorierten sie völlig, was mich im Grunde etwas beleidigte.

•

Das Hotel war ein großer, grauer Kasten nicht weit von der Straße. Der Parkplatz stand voller Zugmaschinen, und das ganze Ding sah aus wie ein Plastikhäuschen an einer Modelleisenbahn. Ich hatte noch nie im Hotel übernachtet, immer nur in Jugendherbergen, aber die kamen natürlich nicht mehr in Frage. Ich wußte nicht, in welcher Reihenfolge man die Fragen stellt. Es ergab sich dann alles von selbst. Unterschreiben mußten wir nichts.

Im vollen Tageslicht war das Zimmer einfach gräßlich. Zuviel Stoff an den Fenstern, sargähnliche Möbel und ein Kreuz über dem Krankenhauswaschbecken. Wir beschlossen, uns nicht zu grämen und gingen lieber nach unten in die Kneipe.

Die war schon besser, wenn auch nicht viel. Der Raum war gut, geeignet für Konzerte, man hätte nur den ganzen altdeutschen Krempel rausschmeißen müssen. Sigrid trank ein kleines Bier und rauchte, während ich mit dem Teebeutel den Ascher versaute.

Ein Spielautomat blökte alle drei Minuten: »Fordere den Champion heraus!«

Neben der Wirtin war Sigrid die einzige Frau, und ich war der einzige Mann unter 50. Hinten war eine Kegelbahn, von der ab und zu unmäßiger Jubel schwappte sowie rhythmische Parolen, die sich anhörten wie »Sieg Heil.«

»Was siehst du mich so an?« fragte Sigrid.

»Um keine schlechte Laune zu kriegen.«

Sie grinste.

Jemand kam an und fragte, ob neben uns »frei« sei. »Natürlich nicht!« sagte ich. »Laß den in Ruhe!« schrie hilfsbereit die Wirtin von der Theke. Der Mann schlurfte brummend von dannen und forderte den Champion heraus.

Ich schlug ein Billard-Spiel vor. Sigrid lehnte ab. Ich prüfte das Sortiment der Musikbox und dachte kurz an Auswandern. Ich blätterte die kunstledergebundene Speisekarte durch und bestellte eine Mini-Pizza. Nicht nach Italien, dachte ich beim Essen.

Neidvolle Blicke der Erwachsenen verfolgten uns bis zur Treppe. Der strubbelige Liebhaber, die mädchenhafte Schönheit. Nur ich wußte, daß sie sich irrten.

Sigrid wusch sich am fließenden Wasser. Sie stand auf dem bloßen Linol, weil sie das nachgemachte Schaffell »unhygienisch« fand. Ich schluckte beklommen. Ich hatte sie lange nicht mehr nackt gesehen. Und damals hatte es eine andere Bedeutung gehabt. Oder ich wußte nicht, was für eine Bedeutung es jetzt hatte. Dabei hatte ich noch großartig die Tür verriegelt. Ich kam mir vor wie einer von unten.

•

Wenn ich Sigird anrief, sah ich sie geradezu durch das Haus springen, den Hörer aufnehmen, sich atemlos melden. So wie sie mich sah, mit umgehängter Gitarre zwischen zitternden Aussteuerungsanzeigen (weil draußen ein Laster vorbeifuhr), oder auf dem roten Schiff liegend, mit dem kleinen Recorder auf der Brust, der sich beim Atmen bewegte.

Ich rief sie aus der Zelle an. Ich hätte sie auch von oben anrufen können, aber das wollte ich nicht, und im Grunde war ich ja hauptsächlich deswegen ausgezogen, weil das Telefon in der großen Küche stand und alle, wie früher die Familie, meinen Gesprächen lauschen konnten.

Wir trafen uns bei mir. Sigrid mochte das alte Haus. Dessen Geschichte sie von Jürgen kannte (keine Vertiefung des Themas).

Wir spulten die Biographien ab. Ihre war kurz, sie meinte immer, sie hätte nichts zu erzählen. Ich hätte ihr stundenlang zuhören können. Sie erzählte nicht viel, noch weniger von sich, und hat das auch später kaum nachgeholt. Ein guter Stil, der fast nur Vorteile hat.

Zu Beginn unserer Bekanntschaft gab es zwei peinliche Momente. Der erste gleich beim ersten Treffen. Ich wußte nicht weiter, und sie sah mich unsicher an. Plötzlich dachte ich, vielleicht habe ich mich doch geirrt. Der Gedanke gefiel mir nicht. Da faßte sie mich bei der Hand, und wir liefen davor weg.

Eines Morgens wachte ich auf und hatte ihr Gesicht vergessen. Ich fühlte mich unerträglich einsam und nahm mir vor, nie mehr ihr Gesicht zu vergessen.

Wir gingen nur bei Regen spazieren. Wir klapperten die

ganzen Naherholungsgebiete ab, die durchaus zu ertragen waren, wenn man zu zweit war, Dienstag nachmittags bei Regen. Die gutbezahlten Sklaven stöhnten in ihren Büros und die Rentner hatten Angst, sich zum letzten Mal zu erkälten. Sigrid mit nassem, eng anliegendem Haar. Ich, der in jede Pfütze trat. Zwei, drei Jogger auf der Überholspur, ein minderjähriges Fahrradpärchen auf Tourenrädern, die niedlichen Entenbabies bewundernd, falls es welche gab. Ein schnauzbärtiger Anwohner, dem Sigrid den Höhepunkt des Tages verschaffte, indem sie ihn um Feuer bat. Doch dann kam sie zurück zu mir, wir saßen auf der Bank, das heißt, sie saß auf der Lehne, die Jahresringe ihrer Jeans, die dunklen, wieder ausgelassenen Streifen Zentimeter vor meinem Gesicht.

Wir saßen in meiner Küche und tranken Tee aus der einzigen Tasse. Sie hatte meinen dicken, blauen Pullover an, mit hochgekrempelten Ärmeln, die ließ ich dann so. Unsere Schuhe waren gestopft mit Zeitungspapier und unsere nackten Füße berührten sich auf dem dritten Stuhl.

Ich war ein Exot für sie. Jemand, der nicht mehr zur Schule ging, jemand, der nicht mehr bei seinen Eltern lebte. Endlich jemand, der nicht mehr mit Politik nervte.

Wir lagen auf dem roten Schiff, die dazugehörige Kerze flackerte, und mein besonderer Plattenspieler wiederholte zum vierten Mal dieselbe Seite. Weiß nicht mehr, worüber wir sprachen. Jedenfalls war es die beste Form des Redens, mal zu reden, mal zu schweigen, und wenn wir schwiegen, trafen wir uns in Gedanken. Sigrid störte mich nie.

Ihre Finger spazierten auf meiner Haut. Besserwisserisch zog ich ihr Hemd aus der Hose. Zustimmendes Abwarten. Die

Kerze verlosch, das Zimmer wurde dunkel. Die Lichter von oben vergoldeten den Baum wie eine Kathedrale.

Ich fragte, ob sie mich liebte. Sie sagte nein. Ich fragte, ob sie Jürgen liebte. Sie sagte nein. »Okay«, stöhnte ich erleichtert. Sie sagte: »Ich bin nie verliebt, außer in Momenten.« Und später noch: »Aber heute auf dem Weg... Ich bin nie verliebt, außer kurz bevor ich komme.«

Sie liebte Jürgen vielleicht nicht, aber sie schlief noch mit ihm. Das kapierte ich zwar erst später, aber es war nicht gerade ein Geheimnis. Warum hätte sie ungestellte Fragen beantworten sollen. Ich wollte es einfach nicht wissen, und als es dann nicht mehr zu übersehen war, setzte ich mich darüber hinweg. Ich hielt mich für sehr emanzipiert und verständnisvoll.

Sie hatte die ganze Zeit über ihren Freund: Jürgen. Das ist die ganze, traurige Wahrheit. Mag sein, sie vertrugen sich eine Zeitlang nicht. Mag sein, Sigrid zweifelte oder suchte den Absprung. Sie hätte ihn vielleicht gern verlassen. Ein Teil von ihr hätte ihn vielleicht gern verlassen. Ich hätte sie im richtigen Moment vor die Wahl stellen sollen. Vielleicht hätte sie sich dann für mich entschieden. Vielleicht auch nicht.

Sich in solchen Dingen vernünftig zu entscheiden, war nicht gerade meine Stärke. Nichtmal mein Anspruch.

Meine Zuneigung war grenzenlos und keinen Argumenten unterworfen. Ich hatte mich sehr bald entschieden, und bald danach gab es nichts mehr auszusuchen.

Und es war, anfangs jedenfalls, auch deutlich, daß ich ihr etwas »ausmachte« (ihr Wort). Das waren die kostbarsten Momente, wenn sie sich mir zuwandte, wenn ich die Antwort spürte, wenn sie wegen mir den Atem anhielt. Warum sollte ich zweifeln, wenn ich das Leben, in seiner schönsten Form, in den Händen hielt?

Ich bewunderte sie. Darin unterschied ich mich maßgeblich von Jürgen. Der bewunderte sie überhaupt nicht, der nahm sich sogar ein demonstratives Desinteresse heraus. Was wiederum zur Folge hatte, daß sie ihn bewunderte beziehungsweise immer wieder zu verführen versuchte. Als Bewunderer war ich ihr angenehm (»Ich habe sonst niemanden, der das zu mir sagt«), aber sie brauchte mich nicht wirklich. Vielleicht noch als Stachel für Jürgen.

Ich war zu nahe, um deutlich zu sehen. Ich atmete wie sie, ich versuchte, meinen Herzschlag ihrem anzupassen. Ich wollte, daß sie auf mich abfärbte. Ich dachte, wenn ich lange und eng genug mit ihr zusammen bin, kann ich werden wie sie.

Wir verbrachten die erste Nacht zusammen. Solange wir wenige, lose Kleidung trugen, war es einfach nur schön. Doch das Bettzeug aus dem Schiffsbug zu holen war ein ernster Schritt, und alle Unbefangenheit verflüchtigte sich. Da war es, wo ich sie zum ersten Mal nackt sah.

Sie wollte nicht mit mir schlafen. Vielleicht wollte sie doch, und ich ließ mich zu leicht abspeisen. Vielleicht hab ich sie mit meiner Nervosität verschreckt. Vielleicht hatte sie ein schlechtes Gewissen. Und bestimmt Angst, schwanger zu werden.

Jedenfalls verzichteten wir darauf. Und fuhren nur fort, uns zu streicheln, bis ich »nein« stöhnte und das Bett verklebte. Sie sagte gleich, es wäre nicht schlimm. Ich wußte selbst, es war nicht schlimm, aber ich fing trotzdem an, mich schlecht zu fühlen.

Aber es war schön, einfach nur neben ihr zu liegen, neben

ihr aufzuwachen, im Morgengrauen, wenn die Amsel auf der Box im offenen Fenster saß. Sigrid schmiegte sich an mich und gab mir halbschlafend von der Decke ab. Sie sah so lieb aus, wenn sie schlief. Sie log doch nicht, wenn sie schlief.

Oft fuhr sie nachts noch nach Hause, mit dem Rad, schließlich mußte sie morgens zur Schule. Die Mutter hatte keine Einwände, sie wollte nur vorher Bescheid wissen. Sigrid ist in beneidenswerter Freiheit aufgewachsen, oder jedenfalls kam sie mir beneidenswert vor.

Ich besuchte sie selten zuhause. Einmal ziemlich am Anfang, als sie Grippe hatte. Da lernte ich auch die Mutter kennen. Es gefiel mir, die Wohnung gefiel mir, das Zimmer mit den freifliegenden Vögeln und den vollgeschissenen Zeitungen. Doch sah ich ein, bei mir waren wir ungestörter.

Jürgen besuchte sie regelmäßig zuhause. Dort schlief sie mit ihm, und wahrscheinlich war das der eigentliche Grund, warum sie mich nicht dahaben wollte. Sie versuchte, es sauber getrennt zu halten. Sie schlief mit Jürgen, und mit mir machte sie die anderen Sachen. (Wahrscheinlich ziemlich ähnliche Sachen, wie Jürgen mit Marion machte, oder jedenfalls mindestens einmal gemacht hatte, »aber das wäre natürlich ein Witz...«)

Manchmal kam sie direkt von ihm zu mir. Ich merkte es an der Binde, die sie dann trug. Sie hatte seinen Samen noch in sich, dann lag sie neben mir, nackt bis auf das eiserne Höschen, sie faßte mich an, mit ihrer warmen, kleinen, kräftigen Hand, ich drängte mich dagegen, sie gab mir wonach ich drängte, aber nur das eine Mal, später »konnte« sie das nicht mehr.

Ich hatte noch nie »richtig« mit ihr geschlafen. Ich redete mir ein, darauf käme es nicht an. Ich warf mir veraltete Besitzansprüche vor und berief mich sogar auf die Frauenbewegung.

Ich machte keinen Versuch, die Sache zu ändern. Ich sprach mit Jürgen, ging aber nicht in die Details. Denn ich schämte mich für die Details.

Und abgesehen davon, daß ich Jürgen inzwischen haßte, liebte ich ihn ja auch noch. Gegen irgendein Arschloch hätte ich mich vielleicht wehren können, aber Jürgen und Sigrid, die paßten doch eigentlich blendend zusammen. Jedenfalls besser als Sigrid und Paul. Oder Jürgen und Paul.

Wahrscheinlich sind die Verhältnisse längere Zeit offen und veränderbar gewesen. Doch ich habe nichts verändert, ich habe mich nicht getraut, ich hatte ein schlechtes Gewissen und so gut wie keine Erfahrung. Und dann entwickelte sich alles gegen mich.

•

Ich putzte mir die Zähne, ohne einen der dünnen Plastikbecher zu benutzen. Ich beobachtete Sigrid über den Spiegel. Sie wanderte im Zimmer umher und berührte verschiedene Gegenstände. Ich sah ihren Körper in aller Deutlichkeit, und was ich nicht sah, konnte ich mir vorstellen. Ich sah in mein Spiegelbild. Ich fand, ich sah alt aus. Zahnpastaschaum spritzte gegen das Glas.

Wir verbrachten den Abend lesend. Jeder hatte ein Buch eingepackt. Ich *Das Prinzip Hoffnung*, erster Band. Er sollte für die ganze Reise reichen, und wahrlich, das tat er. Sigrid vertiefte sich in ihren Roman. Ich starrte müde in die häßliche Nachttischlampe.

Ich rollte mich über den Abgrund und schlüpfte mit unter Sigrids Decke. Sie klappte ihr Buch zu, ohne Bedauern und

Lesezeichen. Ich verschob systematisch ihre Unterwäsche und fing an, sie zu streicheln. Sie streichelte zurück, müde und gleichgültig, als wäre ich ein Kind oder ein Kälbchen. Ich schob mich unter sie und fummelte wie im Aufklärungsbuch an ihr herum. Sie erlaubte es. Sie ließ mich gewähren, aber sie machte nicht mit. Zu fordern gab es nichts. Ich hätte nur die klare Antwort erhalten, die ich anscheinend vermeiden wollte. In einer Pause schlief sie ein.

Ich konnte nicht schlafen. Die Vorhänge waren nur ein Schleier vor der Hofbeleuchtung. Auf der Bundesstraße war nicht viel Verkehr, aber durch die einfachen, großen Scheiben hörte man jedes Auto kilometerweit kommen. Die Matratze war zu weich, die Decke zu schwer und zu warm. Ich stand auf und öffnete ein Kippfenster. Dadurch wurde es natürlich auch nicht leiser. Sigrid lag auf dem Rücken und atmete ruhig und friedlich. Sie aufzuwecken kam nicht in Frage.

Ich stand wieder auf, zog mich leise an, nahm den Schlüssel mit dem Holzgewicht und ging auf den Flur. Ich verbrachte die Nacht auf zwei Sesseln in der Nische oberhalb der Treppe. Ich fing an, Sigrids Tabak zu rauchen. Ich fand, es war ein gutes Datum, damit anzufangen. Der bittere Geschmack paßte gut zu meinen Gefühlen.

Ich faßte keine Entschlüsse. Ich dachte nichtmal nach. Ich sah nur das, was vor meinen Augen war, nämlich ein von 25-Watt-Birnen in trübes Halbdunkel getauchter, abgenutzter Hotelflur. Über der Treppe war ein helleres Licht, aber mit den besoffenen Motten davor und den Fliegenleichen im Schneewittchensarg war es auch nicht gerade erheiternd.

Seitlich war eine Milchglaswand, und die Regenschauer

nahmen einen langen Anlauf in der Dunkelheit, bevor sie daran zerplatzten. Das Geräusch erinnerte mich an meine Kindheit.

Meine einzige Abwechslung war, zur Toilette zu gehen. Ich ging ziemlich oft. Das Papier hieß *Natur* und war hart wie eine Feile.

Schließlich wurde ich müde. Ich schlich zurück in das Zimmer. Ich schloß nicht mehr ab. Die Luft war viel besser darin. Ohne Licht tastete ich mich zum Waschbecken und putzte mir möglichst geräuschlos die Zähne. Ich hatte nicht den Eindruck, daß es viel nützte. An der Bettkante wurde mir schwindelig. Mein Körper sagte, leg dich hin. Ich gehorchte. Und dann fand ich es gut, daß sie neben mir lag. Daß sie immerhin noch da war, daß ich mich, müde geworden, zu ihr legen konnte, an ihren warmen Körper.

•

Morgens war die Wirtschaft leer und aufgeräumt. Alles erstrahlte im neuen Licht, im Tageslicht nämlich, das durch die weit geöffneten Fenster drang. Ich sah in den sonnigen Garten. Ich sah eine Katzenmutter mit ihren Jungen, die konnten schon alles, die Jagd, das Putzen und die Liebe.

Beim Frühstück fragte ich Sigrid, ob sie gut geschlafen hätte.

»Oh ja. Und du?«

»Geht so.«

»Die Matratzen waren weich, aber gerade das fand ich super.«

Ich fragte, ob sie »was geträumt« hätte. Sie nickte stumm, und wieder war eins unserer typischen Gespräche beendet.

Dann zahlten wir die Rechnung. Die Wirtin fragte mit heiserer Stimme, wo wir hinwollten und empfahl die nahe Stadt Leer. Dort fand irgendein jährliches Fest statt, im Zusammenhang mit einer Viehauktion glaube ich. Ich sagte: »Ich war mal mit meiner Großmutter da«, und die Wirtin sah mir ins Gesicht, als würde sie mich kennen.

Das Land war grün und flach. Das Wetter war toll zum Fahren, hell, kein Regen, weitsichtig und windig. Wir sahen Kühe und Schulbusse, Kirchtürme und abgebrannte Höfe. Einer war besonders originell, denn an der letzten aufrecht stehenden Mauer hing noch das Reklameschild der Brandkasse. Ich winkte einem Kind, das lief gleich rein zum Petzen. Stundenlang standen wir vor einer roten Ampel, und niemand vor uns wagte, sie zu überfahren. Es fing wieder an zu regnen.

Das berühmte Volksfest bestand maßgeblich aus Würstchenbuden. Die örtlichen Geschäfte lockten mit Sonderangeboten. Wir fielen auf den Fotografen rein, einen begabten Spinner, der brauchte mehr als dreißig Versuche mit seiner Riesenpolaroid. Ich weigerte mich zu zahlen, wenn ich nicht die Fehlversuche bekam. Richtig ähnlich war uns keins dieser Bilder.

In einer Sonderangebotskiste vor der einzigen Buchhandlung, klamm vor Feuchtigkeit, entdeckte Sigrid das Buch *Haut ab.* Sämtliche Fehler waren mit Rot korrigiert. Sigrid wollte es kaufen, ich war dagegen, ich fand es immer noch zu teuer. Ich sprach von der Kunst des Fehlers, als übte ich für meine Interviews. Schließlich klaute sie das Buch kurzerhand, wenig später ließen wir es desinteressiert an einer Würstchenbude liegen.

Wir saßen in einem Café mit einem Packen geschmackloser Ansichtskarten zwischen uns. Sigrid schrieb bereits fleißig in ihrer sorgfältigen, geschwungenen Schrift. Mir fiel nichts ein.

»Schreib doch an deine Leute«, sagte Sigrid.

»Ich habe ihnen nichts zu sagen.«

»Komm, es würde sich gut machen.«

»Gar nichts würde sich gut machen«, sagte ich, »Ansichtskarten aus Ostfriesland interessieren die überhaupt nicht. Nicaragua ist das mindeste, was du ihnen bieten mußt.«

»Du bist also immer noch sauer auf sie.«

»Immer noch ist gut.«

»Ich kenne sie ja nicht so«, sagte sie, »nur über Jürgen ein bißchen. Und einige scheinen doch ganz nett zu sein.«

»Ja«, sagte ich deprimiert. Und dann: »Schreibst du etwa an ihn?«

»Hast du etwa was dagegen?«

Ich beeilte mich zu versichern, das wäre nicht der Fall. Durch dieses geschickte Manöver ermöglichte ich ihr zuzugeben, daß sie nicht an ihn schrieb. Wir schwiegen uns eine Weile an.

Schließlich sagte Sigrid: »Die machen wenigstens noch was.«

Ich nickte deprimiert.

Schließlich schrieb ich eine an mich selber. Ich war sowieso der einzige, der meine Schrift lesen konnte. Ich schrieb: »Lieber Paul! Kopf hoch. Es gibt einen, der auf deiner Seite ist. Viele Grüße. Dein Paul.«

•

Es wurde Nachmittag, bevor wir die Stadt verließen. Ich sprach von Umkehren, aber sie wollten vorher das Meer sehen. Das Hafenbecken reichte ihr nicht.

Wir trafen eine Menge Deiche, aber die meisten waren Attrappen für Touristen. Das Meer war wohl verlegt worden. Die Luft roch auch nicht nach Salz, eher nach Kunstdünger.

Als wir die aktuelle Küste erreichten, war die Sonne längst untergegangen. Der Himmel war noch stückweise orange. Sigrid parkte vor dem Eisentor und rannte begeistert den Berg hoch. Ich stapfte eher desinteressiert hinterher.

Sie fragte nach der Lichterkette und dem quadratischen Kasten am Horizont. Ich sage, das sei entweder die holländische Küste oder eine künstliche Insel mit Hafenanlagen und chemischer Industrie. Der graue Kasten sei entweder eine Müllverbrennungsanlage oder ein Atomkraftwerk. »Unromantisch« nannte Sigrid mich. War es so wie früher, weiß ich nicht, lauter jedenfalls.

Wo das Watt begann, stand ein Schild: »Naturschutzgebiet.« Daneben ein zweites: »Baden verboten! Gesundheitsgefahr!« Was wahrscheinlich nur hieß, daß sie bei dem Wetter sowieso keine Urlauber mehr erwarteten.

Wir machten uns auf dem Weg zum Sommerdeich. Ich war ein guter Pfadfinder, ich wählte immer die kleinen Wege, und ich redete Sigrid aus, es »querfeldein« zu versuchen. Ich warnte vor den naturgeschützten Horden und hatte noch die Schelte vom letzten Mal im Ohr. Und wie schwer das wieder abging.

Dann standen wir auf diesem Steinwall, etwa einen Kilometer vor dem grünen. Ich dachte an das Ende meiner Kindheit. Flötende Bauarbeiter hatten meinen Horizont vermauert, und der Höhepunkt ihres Schaffens war dieses unendliche, graue Band. Plötzlich konnte man nicht mehr im Meer baden, es war zu flach und zu weit weg, all die schönen Buchten verschwanden. Von einem Sommer zum anderen war alles zuende.

Was auch anders war als früher, es war Flut, man sah Wasser, und sogar richtige Wellen mit Schaumkronen oben drauf. Sigrid wollte schwimmen. »Die Nordsee ist nicht zum Schwimmen«, sagte ich unglücklich.

Mit krummen Rücken wartete ich neben ihren Kleidern und sah ihren Kopf zwischen den grauen Wellen eintauchen. In der aufkommenden Dunkelheit war das ein beunruhigendes Bild. »Schwimm nicht so weit raus!« schrie ich den pfeifenden Wind an. Doch die Sorge war lächerlich, denn nach höchstens 10 Meter stand sie einfach auf, und das wilde Wasser, gegen das sie so heroisch angekämpft hatte, reichte ihr nichtmal bis zur Hüfte. Sie watete zum Ufer. Sie machte die üblichen Verrenkungen, um mit halbwegs sauberen Füßen wieder herauszukommen. Sie klapperte mit den Zähnen und sprang herum, um wieder warm zu werden. Ein Handtuch oder ähnliches hatten wir nicht. Ich rieb sie mit meinem Pullover ab, später mit dem harten Gras. Heimlich berührte ich eine Brustwarze.

Traurig und geschlagen folgte ich ihr zum Auto. Ich hatte ihr meine Jacke gegeben, jetzt war mir selbst kalt. Ich spürte diese unbestimmte Sehnsucht, die man hat, wenn man das Meer verläßt.

Unter Tang und Plastikmüll fand sich ein halbzerfetzter Rettungsring. Sigrid wollte ihn mitnehmen, sie meinte, er paßte gut zu dem roten Schiff. Sie fand ihn »witzig«, ich nicht.

Sie zog sich auf dem Rücksitz um. Sie wickelte sich in eine Decke und gab mir die Schlüssel.

»Wohin?« fagte ich resigniert.

»Wo kommt man hin, wenn man immer den Deich entlang fährt?«

Ich war ein schlechter Fahrer. Ich war nicht in Übung und kannte den Wagen nicht. Zum Glück waren wir meistens allein auf der Straße. Entdeckte ich feindliche Scheinwerfer, neigte ich dazu, mich am Straßenrand zu verstecken. Überall lauerten Gräben, tiefer als die See.

Der Wind riß Blätter von den lückenhaften Alleebäumen. Sie tanzten im Scheinwerferlicht, bis wir sie erwischten. Es fing an zu regnen. Ein Lastwagen überholte uns, und auf dem Außenspiegel parkten müde Sterne.

Sigrid schlief auf der Hinterbank. Ich hörte Radio, um wach zu bleiben. Die Stücke paßten zu Sigrid, das heißt zu meinem Sigrid-Gefühl. Sie paßten zum Quietschen der Scheibenwischer und zum Zischen der Reifen. Vielleicht muß man eine Sigrid haben, dachte ich müde, um solche Lieder schreiben zu können.

Ich versuchte, in der Nähe der See zu bleiben, aber nach ein paar Wenden vor verschlossenen Toren gab ich es auf. Die Straßen wurden immer breiter und entfernten uns immer weiter von unserem ursprünglichen Ziel.

Nachdem sie geschlafen hatte, kletterte Sigrid wieder auf den Vordersitz. Einmal hielten wir an, um zu rauchen und zu küssen. Wir stiegen nicht aus, weil es immer noch regnete. Ihre Haut schmeckte nach Salz.

Einmal stand ich unter den Bäumen nahe der Straße, es fing wieder an zu regnen, ich hörte das Geräusch der Tropfen auf den Blättern, ich hörte den Wind und dann hörte ich sie meinen Namen rufen. Ich dachte, ich werde sie immer kennen. Ich mußte plötzlich weinen.

Wir fuhren, wir hörten Radio, der Scheibenwischer quietschte und der Popstar sang seinen Hit. »Stells ab«, sagte Sigrid unfreundlich.

So kam der Morgen, und mit ihm eine unerwartete Klarheit. Ich öffnete das Seitenfenster, um wach zu werden. Wir saßen nebeneinander und fuhren, und ich war einfach erschöpft. Und dann dachte ich zum ersten Mal, wir müssen uns trennen. Ich weiß noch nicht, wie es gehen soll, aber so geht es jedenfalls nicht.

Wir sahen Hasen. Wir nahmen drei kaugummikauende Schüler mit. Gespräche über Trampen. Ich sagte, ich hätte Trampen immer gehaßt. Sie sagten, es wäre die beste Möglichkeit, zur Schule zu kommen. Ich sagte, die Schule hätte ich auch gehaßt.

Wir schrieben Adressen von einem Reklameschild mit Stadtplan ab. Wir klingelten eine verschlafene Zimmervermieterin aus dem Bett. Ich entschuldigte mich für die Störung und sie sich für ihre Lockenwickler.

Wir legten uns gleich ins Bett. Wir lasen ein wenig in den herumliegenden Fernsehzeitschriften, dann kuschelten wir uns zusammen und schliefen ein.

Ich wachte auf, als Sigrid zur Tür reinkam. Sie trug andere Sachen und hatte nasse Haare. Sie warf sich übermütig aufs Bett und küßte frischgewaschen mein Gesicht. »Ich war gegenüber zum Duschen«, sagte sie. »Eine tolle Dusche, geh doch auch hin.« Ich erhob mich träge und ging durch das Zimmer. Ich hatte eine Erektion; sie sah es und lachte.

Ich duschte heiß. Die Dusche kostete 1,50 extra, mahnte das fehlerhafte, handgemalte Schild. Ich zog saubere Wäsche an und schlich barfuß zurück ins Zimmer.

»Was machen wir jetzt?« fragte Sigrid von der Lehne des unbequemen roten Sessels.

Ich zuckte unentschlossen die Schultern.

»Wollen wir vielleicht was unternehmen? Oder bist du noch müde. Oder hast du Hunger?«

Ich sagte nein.

»Dann schlag du doch was vor!«

Ich sah sie ernst an.

»Was ist, wenn ich vorschlage, daß wir uns ausziehen?«

»Oh. Ich habe mich zwar gerade erst angezogen. Aber warum nicht.«

Sie entkleidete sich schnell und sachlich.

»Und jetzt?«

Sie lehnte lässig am Kopfende des Bettes. Ich sagte, sie sollte sich hinlegen. Sie legte sich auf die Decke. Ich näherte mich herzklopfend. Ich berührte ihre Hüfte.

Sie sagte: »Ich dachte, du wolltest dich auch ausziehen.«

Ich tat es, trotzig. Ich sagte: »Ich wollte, ich will mit dir schlafen.«

Sie sagte leichthin: »Gut.«

Ich sagte, ich wolle »richtig« mit ihr schlafen.

»Gut.«

Im Grunde war es so, daß sie sich hinlegte und den Rest mehr oder weniger mir überließ. Vielleicht ließ es sich so besser entschuldigen. Es war meine Idee, meine letzte Chance, sie hatte ja lange und deutlich genug erklärt, daß sie nicht daran glaubte. Ich war am Ziel meiner Träume, aber eigentlich fühlte ich mich ziemlich fehl am Platz. Mir war kalt, mein Herz schlug wie verrückt, wahrscheinlich war ich kurz vor der Ohnmacht.

Ihr schien es dabei noch vergleichsweise gut zu gehen. Sie genoß meine ratlosen Zärtlichkeiten, und vielleicht hat sie den Rest gar nicht mitgekriegt.

Unruhig wechselte ich die Seiten, mehrmals, erst beschwerte sie sich, dann fand sie es »gemütlich«. Es war nicht ganz wie in meinen Träumen. »Wenn du noch nicht so weit bist«, sagte sie einmal, »da mußt du schon selbst für sorgen. Bei Jürgen... aber bei dir kann ich das nicht.« Als ich mich von hinten an sie ranschob, sagte sie böse: »So nicht«.

Als ich auf ihr lag, stieß sie mit den Beinen die Decke herunter. Ich suchte in leichter Panik, sie tastete ungeduldig nach unten. Und alles, was ich erhofft hatte, wurde wahr. In dem Moment nahm sie mich wirklich auf. Ich hörte auf, jemand zu sein, den man prüft und beurteilt. Sie wollte mich. Sie brauchte mich.

Ich spürte sie unten, überall, auf diese kraftvolle, glühende Art. Ihre Arme und Beine umschlossen mich. Sie preßte mich an sich. Meine ganze Sehnsucht floß heraus. »Nein«, stöhnte ich.

Sie drückte mich nochmal, es schmerzte fast. Dann machte sie sich hastig frei, sprang auf und wischte sich mit einem Tempotuch sauber. Ich dachte traurig, sie ekelt sich, aber vermutlich hatte sie nur Angst, schwanger zu werden. Sie kam zurück und legte sich neben mich. Halb betäubt dachte ich, bin ich jetzt glücklich? Dann stellten sich rasende Kopfschmerzen ein.

Wir blieben einige Stunden. Wir frühstückten die harten Reisebrote und spazierten durch den Kurpark im Regen. Eine alte Frau hielt mich für den Gärtner und verwickelte mich in ein Fachgespräch über Rosen. Wir speisten in einem kühlen Gasthof zu Mittag und gaben ziemlich viel Geld aus.

Gegen Abend beschlossen wir, nachhause zu fahren. Wir bezahlten die Zimmerwirtin, die sehr bestürzt tat. Ich versuchte sie zu beruhigen, aber das war noch nie mein besonderes Talent.

Zurückzukehren, das war mein größter Fehler. Auf Sigrid wartete Jürgen, und auf mich ein unbegrenztes Elend. Alles würde von vorne beginnen. Ich würde noch oft an ihren kalten Körper prallen. Was weiß ich, wo wir hätten hinfahren sollen, aber diese Richtung war jedenfalls falsch.

JÜRGENS LIED

Das Schiff schlingerte in den blauen Fluten, ein Lastwagen donnerte am Haus vorbei. Ich wachte auf. Ein Brief lehnte gegen die Plastikflasche und sah mich vorwurfsvoll an. Es war Marions Schrift. Die Fenster waren geschlossen, die Luft war schlecht, und es war Sommer.

Ich warf die Decke zurück und nahm einen Schluck aus der Wasserflasche. Es schmeckte abgestanden. Der Brief fiel auf den blauen Teppich. Der Wecker stand auf neun. Er hatte nicht geklingelt, und jetzt war es kurz nach zehn.

Ich öffnete die beiden Fenster. Der Sommertag brummte herein. Ich stellte den Recorder an.

Mein Zimmer ging nach Süden. Die Küche ging nach Norden. Meine nackten Füße klatschten auf den kühlen Steinfußboden. Krümel hefteten sich an meine Sohlen.

Es war halb elf, und ich war der erste, der wach war. Ich wußte noch, was meine Tasse war. *Kaffee* stand darauf. In dem alten, feuchten Filter steckte eine Kippe. Ich krönte den überfüllten Abfalleimer damit.

Es waren keine Filter mehr da, es war kein Kaffee mehr da.

Milch war da, wenn auch nur mit abgelaufenem Datum. Aber sie funktionierte noch.

Ich ging zurück in mein Zimmer und wühlte im Heck des roten Schiffs nach den Geheimvorräten. Ich hatte Kaffee, Filter, Haferflocken, Safttüten (als Milchersatz), Knäckebrot und Klopapier. Klopapier hatten auch die anderen, die aus der Kneipe geklauten Restrollen neben den Betten... Aber niemand war so systematisch vorbereitet wie ich.

Milch war da, saure Äpfel waren da. Ich kochte Kaffee und bereitete mein karges Müsli.

Das beweist gar nichts, das machte ich seit fast 20 Jahren so, bzw. die ersten davon hatte meine Mutter, die gelernte Krankenschwester, dieses ideologisch unverdächtige Frühstück bereitetet.

Ich holte die Zeitung aus dem Briefkasten. Ich frühstückte in meinem hellen, warmen Zimmer. Ich hörte Musik und wurde langsam wach.

In den Pausen zwischen den Liedern hörte ich dumpfe Geräusche aus den anderen Zimmern. Die anderen standen auf. Eine andere Musik lief. Meine Musik war ziemlich leise, seine war ziemlich laut. Also das war Jürgen.

Im Flur traf ich Marion. Sie war in Unterwäsche und hatte nasses Haar. Das bedeutete, sie hatte geduscht, das bedeutete, sie war eine Heldin, denn der Boiler war kaputt. Ich sagte guten Morgen. Es war höflich gemeint, auch wenn es sich vielleicht nicht so anhörte.

Der Küchentisch war gedeckt, das heißt es lagen fünf Teller, fünf Tassen, fünf Messer und fünf Gabeln im Kreis. Die Gabeln waren überflüssig, und Weko, der der älteste war und manchmal auch so wirkte, räumte sie kopfschüttelnd wieder weg. Im Zuckertopf steckte der einzige, verklebte Löffel.

Jürgen stand am sperrangelweit geöffneten Fenster und rauchte. Jürgen war 17 und eine typische Hauptperson. Er stand so gerade wie er dachte. Er sah in den Hof, oder in das Fenster gegenüber. Vielleicht spiegelte es. Er sah in den Sommer, und der Wind knüllte sein ärmelloses Hemd und streichelte seine Hühnerbrust.

Ursi kam die Treppe hoch mit einer riesenhaften Brötchentüte, Eiern aus dem Blumenladen und Käse aus dem Milchgeschäft. Ich bewies guten Willen, indem ich die Marmelade aus dem aufheulenden Kühlschrank holte. Jürgen trat ihm aufmunternd gegen die Seite. Wir grinsten uns an.

Marion goß Tee auf. »Tee ist sowieso gesünder«, sagte ich tröstend.

Wir fingen an zu frühstücken. Wir sagten wenig mit rauher Stimme, meistens nur die Namen der Nahrungsmittel. Marion wünschte die Zeitung.

»Ist in meinem Zimmer«, sagte ich.

Als Marion zurückkam, stellte sie mit vorwurfsvollem Klirren meine Müslischale auf die überfüllte Spüle. Sie hatte einen dünnen Pullover von mir an. Sie ließ sich neben mich in das ausgeleierte Sofa fallen. Sie fragte: »Hast du meinen Brief gekriegt?« Ich sagte wahrheitsgemäß, ich hätte ihn noch nicht gelesen.

Es hört sich vielleicht komisch an, daß wir uns innerhalb der Wohnung Briefe schrieben, aber so komisch war das gar nicht.

Weko, der sich die mittleren Seiten herausgenommen hatte, formulierte die Inhaltsangabe eines ihn besonders empörenden

Artikels. Ich kannte ihn bereits. Erstens hatte ich ihn schon gelesen, zweitens hatte ich schon ungefähr 250mal denselben Artikel gelesen. Es schloß sich das übliche Gespräch an. Jürgen machte die üblichen Bemerkungen über Verfassungsschutz und Abhöranlagen.

Nach dem Essen wurde geraucht. Weko und ich rauchten nicht. Ich war Nichtraucher und Weko versuchte mal wieder, es sich abzugewöhnen.

Dann abräumen. Weko wischte den Tisch ab. Jürgen beging seine wöchentliche gute Tat, indem er den Eimer wegbrachte, den Blecheimer, der unter der undichten, überfüllten Spüle stand. Im Hof war ein Gully. Wir hörten das Scheppern der guten Tat durch das offene Fenster.

Ursi schnitt mir die Haare. Ich saß auf einem klapprigen Klappstuhl in der Mitte der Küche. Mein Oberkörper war nackt. Meine Füße waren dreckig. Die Schere war stumpf. Herabfallende Haarbüschel kitzelten mich.

Als ich Ursi kennenlernte, war sie ein kleines, dickes, schüchternes Mädchen. Doch eines Tages schnitt sie sich die eigenen Zöpfe ab. Sie ließ sich von ihrer Mutter Kontaktlinsen spendieren und zog mit uns, den vorgeblich gleichgesinnten, zusammen. Die Umstände formten ihre Persönlichkeit. Und umgekehrt. Der Reihe nach schnitt sie allen die Haare ab. Nach Behandlung durch Ursi sah man so aus, als hätte man Gegenwind. Das heißt, gut. Nach dem Haareschneiden wollte ich duschen. »Wieso?« fragte Jürgen, der auf der Sofalehne saß, wo er immer saß, wenn er mit fast religiösem Ernst die Zeitung durcharbeitete. »Ich dachte, wir gehen schwimmen?«

•

Als wir den Nutzungsvertrag bekamen, ungefähr ein halbes Jahr nach unserem Einzug, hatte Weko ein billiges Auto gekauft. Wir brauchten es dringend, zum Beispiel um zur Geisterstunde preisgünstige Steine zu transportieren. Ein alter Kadett, der Mist war und nur ansprang, wenn er Lust dazu hatte. Das war im Winter, und im Sommer war das Auto immer noch da. Und jetzt, wo wir es eigentlich nicht mehr brauchten, sprang es auch zuverlässig an.

In dem Sommer waren wir oft am See. Er war sogenannter Geheimtip, das heißt, ihn kannten höchstens 50.000 Leute. Aber wir waren wirklich unter den ersten, die ihn kannten. Ursis Schwester wohnte da in der Nähe.

Wir beluden den Kofferraum, der kein Schloß hatte. Ich war unsicher, ob ich mitfahren sollte. Eigentlich hatte ich keine Lust. Marion behauptete: »Das ist typisch für dich.« Sie trug bunte Sommerfarben. Sie liebte bunte Farben und den Sommer, der sie ihr erlaubte. Ich trug eine kurze Hose. Ich haßte kurze Hosen. Ich haßte den Sommer, der mich zu dieser entwürdigen Kleidung zwang. Ich haßte die drückende Hitze, und ich dachte, vielleicht wird es draußen besser.

Zwei uns namentlich bekannte Arbeitsamtsangestellte schlenderten vorbei. Kamen wohl vom Mittagessen in der Steh-Pizzeria. Sagte der eine: »Na, habt ihr die Mollis gut verpackt?« Weko richtete sich drohend auf und stieß sich den Kopf an der Kofferraumklappe. Jürgen gab eine ziemlich schlagfertige Antwort. Leider waren sie da schon weg.

Weko fuhr. Jürgen saß auf dem Beifahrersitz und sortierte Kassetten. Ich saß hinten zwischen den beiden Frauen. Ich rutschte soweit wie möglich nach vorne. Ich sah zwischen den

Schultern der Männer durch. Ich sah mich im Rückspiegel. Ich sah auf den Tacho, der nicht funktionierte. Das Fenster war offen, und ich genoß den Wind, den wir machten.

Die Voraussetzungen waren gut. Ich hatte wirklich keine Lust, ich bereute meine Entscheidung, die nur eine Schwäche war. Alles in allem konnte man nur angenehm überrascht werden.

Weko fuhr den Wagen in die Brennesseln. Wir kletterten an der Fahrerseite heraus. Ich zählte elf andere Wagen, was Durchschnitt war für die Tageszeit. Wir liefen den sandigen Weg entlang. Weko sah aus wie ein Fußballer. Marion und Ursi trugen keine Strümpfe. Jürgen war barfuß.

Der See war eine Wasserstelle in der Wüste. Hier wurde der Kies geschürft, den sie für die Autobahn brauchten, die man im Hintergrund tosen hörte, jedenfalls sofern der Bagger schwieg, der in der Mitte des Tümpels schwamm. Meistens war er in Betrieb. So war alles bestens geregelt. Die wenigen Arbeiter störten sich nicht an den Badenden. Im Gegenteil, sie fanden sie hochinteressant. Sie lehnten mit verschränkten, tätowierten Armen am Geländer, sahen herüber und unterhielten sich.

Am Ufer zwei weitere Wagen, ein Golf und ein gammeliger BMW. Es war wohl unzumutbar, all die Bierkästen und Gartenstühle und Grillgeräte und tiefgekühlten Würstchen und Fertigsaucen und HiFi-Koffer und natürlich den Batteriefarbfernseher den ganzen langen Weg von der Straße heranzuschleppen.

Weko führte uns gleich in eine möglichst abseitige Bucht. Die Masse tummelte sich an einer Art flachem Strand, wie geschaffen für herkömmliche Badefreuden, aber wir wußten schon, weshalb wir uns vorsichtshalber distanzierten.

Wir zogen uns aus. Wir waren demonstrativ nackt, aber diese Politik schien bereits gescheitert zu sein. Die Mallorca-Fraktion machte auch FKK, jede dumme Pute legte sich oben ohne in die Sonne. Nur wenn sie ins Wasser gingen, zogen sie sich an.

Das Wasser war kalt. Die obere Schicht war warm wie ein Autorücksitz, aber zwanzig Zentimeter tiefer wurde es eisig. Der See war tief, tief genug zum Ertrinken, aber das geschah nicht.

Ich lag auf dem Rücken, die Ohren unter Wasser, rrrr machte der Bagger, wie ein Spielzeugmotor in der Badewanne (meiner Eltern). Über mir Himmel, nichts als blauer, klarer Himmel, derselbe Himmel, den glücklichere Gegenden über sich hatten. Ja, ich dachte, anderswo sind sie glücklicher. Sie sind nicht ständig träge und wie vor den Kopf geschlagen. Sie wissen, was los ist. Tagsüber sind sie hellwach, nachts schlafen sie tief unter ihren sich sanft im Wind wiegenden Zelten. Sie spüren die Elemente. Nicht so wie wir, die das bißchen Sonne schon aus dem Gleichgewicht bringt. Sie sind anders, und ich möchte auch so sein, und ob ich es noch werden kann, und wie, ob ich wohl noch eine Chance habe? Das dachte ich, und dann noch so allerhand. Warme und kalte Ströme umspülten meinen bleichen Leib. Uferschwalben kurvten durch die flimmernde Luft.

Ich kam aus dem Wasser und hatte Durst. Ich schraubte Ursis Sprudelflasche auf und trank. Der Himmel blendete unangenehm. Ich legte mein Handtuch auf die Gemeinschaftsdecke und streckte mich aus. Ein schwacher Wind kitzelte meine Gänsehaut.

Sonne, blauer Himmel, nasse Köpfe, eine spiegelnde Fläche... Sogar der Bagger war schön, ein rostiges Industriedenkmal im Gegenlicht. Nur hätte man wie immer den Ton abstellen müssen.

Marion kam ans Ufer, glitzernd, zitternd, atemlos. Sie trocknete sich ab, was schön aussah und wehtat. Sie cremte sich ein und sah mich dabei an. Sie war nackt bis auf den blauen Faden. Es sah irgendwie brutal aus.

Jürgen und Ursi rannten in wilder Jagd auf uns zu. Als ihnen das Wasser ausging, spritzen sie mit Sand. Sie zogen sich zu Boden, kugelten herum, jauchzten und beschmierten sich. Dann zurück ins Wasser. Ursi machte einen eleganten Köpper von der Landzunge. Ruhe kehrte ein.

Nur Weko zog einsam weit draußen seine regelmäßigen, konsequenten Bahnen.

Es wurde geraucht. Gespräche fanden statt: Qualität des Wassers (super), Qualität des Wetters (super), Qualität des Publikums (wie üblich). Marion vergrub ihre Kippe, streckte sich lang und schloß die Augen. Ihre sandigen Schenkel zitterten. Ursi musterte sie schweigend und legte sich neben sie. Jürgen verbrannte die übrig gebliebenen Stummel.

So ging das dann weiter. Amphibische Wesen, abwechselnd im Wasser und an Land, wobei der Wechsel jeweils dann kam, wenn eins von beiden unerträglich wurde. Im Laufe der Zeit gab es einige Variationen: Zur Pipeline schwimmen (ich war der letzte), draufklettern, sich beidseitig rösten lassen. Am Ufer sitzen und statt an der Zigarette an einem sauren Apfel kauen.

Oder sich Jürgens Kopfhörer ausleihen. Oder in Ursis Buch lesen, was allerdings eine passende Sonnenbrille voraussetzte. Und daß man lesen konnte.

Phasen der Ruhe wechselten mit aufflackernder Lebhaftigkeit, wobei erstere eher durch mich, letztere meistens durch Jürgen verkörpert wurden. Zum Beispiel mittels Gebrauch einer Wasserpistole, die Weko kurzerhand beschlagnahmte.

»Gib her, Weko!«

»Gut, aber nicht mehr spielen.«

Nachmittags füllten sich die Ränge. Andere Kreise, bekannte Gesichter bzw. Hüften. Man konnte herüber schlendern und sich dort unterhalten: Qualität des Wassers (biologisch fragwürdig), Qualität des Wetters (etwas drückend), Qualität des Publikums (wie üblich). Man konnte ausleihen, was einem fehlte, Comics, Kassetten, Rettungsring, Ball oder Frisbeescheibe. Man konnte in Glasscherben, Blechdosenverschlüsse und Hundescheiße treten. Man konnte seinen zunehmenden Sonnenbrand begutachten lassen und sich widersprüchliche Rezepte anhören.

Weil ich in klassischen Fragen nach wie vor den Vernünftigen spielte, zog ich Hemd und Hose wieder an. Die Natur bekam mir nicht. Entzündete Nervenenden pochten an meine Stirn und schrien, ich will raus hier. Ich hätte ganz gern etwas Schatten gehabt. Der vertrocknete Strauch am Sandhang taugte nur als Wäscheständer.

»Wer will mit in den Wald?« fragte ich. Jürgen wollte und zog rasch Wekos Fußballerhose über. Er hielt seine Pistole unter Wasser. »Man kann ja nie wissen.« Er ging vor, aufmerksam hinter jeden Busch zielend.

Das war ein junger, verwahrloster Wald, Gelände für eine Ferienhaussiedlung, und das Vergnügen einer fertig gebaggerten, gekonnt verwilderten Seenlandschaft würden andere haben; allerdings würden sie dafür auch bezahlen müssen. Wir genossen die Schönheit vor Einfall der Architekten. Barfuß tasteten wir über die reifenzerwühlten, warmen Wege. Harzige Gerüche stiegen aus den Stümpfen. »Darf man in einem Naturschutzgebiet eine Mücke erschlagen?« fragte Jürgen.

Ich wollte nicht auf den Hochsitz klettern. Eigentlich wollte ich nicht unten bleiben, während Jürgen oben war. Er kletterte schnell wie eine Katze. Die Leiter war nicht TÜV-geprüft.

Als ich oben ankam, schoß mir Jürgen ins Gesicht.

»Laß den Quatsch«, sagte ich ungnädig.

Jürgen setzte die Wasserpistole wie ein Selbstmörder an die Stirn.

»Weißt du wie ich sterben will?« fragte die typische Hauptperson. »Irgendwo im Wald, wo mich keiner findet.«

»Da hast du schlechte Karten.«

»Es müßte eben eine Wildnis geben. Es müßte überall eine Wildnis geben.«

»Gibt es aber nicht«, sagte ich humorlos, »es gibt nur das hier.«

Darauf meinte er, wir würden im falschen Jahrhundert leben.

»Kann sein«, sagte ich.

Er fragte, ob ich die Autobahn hörte.

»Das ist keine Autobahn«, behauptete er dann, »das ist das Rauschen vom Meer. Das Meeresrauschen nämlich.«

»Viel Verkehr auf dem Meer.«

»Hier ist der Urwald, und ein paarhundert Meter weiter beginnt das Meer. Es gibt keine Menschen mehr.«

»Und wo sind sie?«

»Sie sind alle geflohen. Weite, Unendlichkeit. Keine Stadt, keine Autobahn, nichts.«

»Und wir?«

»Wir sind nur die Kundschafter.«

»Von wem?«

»Woher soll ich das wissen«, sagte er.

•

Als wir zum See zurück kamen, sah ich, wie Marion und Weko sich küßten. Wahrscheinlich hatte es nichts zu bedeuten, aber ich ging trotzdem ans Ufer. Sie trennten sich, als der große, schwarze Hund kam. Weko hatte eine Erektion. »Verpiß dich, Scheißköter!« schrie Marion charmant.

Aber der Hund tat nichts dergleichen. Jürgen tanzte ihm was vor. Der Hund bellte zustimmend. Jürgen bückte sich, packte ihn am Halsband und warf ihn um. Sie fingen an zu kämpfen, und zwar beide. Sie entfesselten Sandstürme, die sich auf nasser Haut vorteilhaft niederschlugen. Marion schimpfte hysterisch, Ursi rettete besonnen Buch und Walkman. Jürgen nahm den Hund in den Schwitzkasten. Der Hund kapitulierte. Jürgen erhob sich stolz keuchend. Der Hund trottete zum Wasser. Die Zuschauer klopften sich hustend ab. Der nasse Hund kam zurück und schüttelte gezielt sein Fell aus. »Schwein!« schrie Weko fälschlich.

Die Mofajungs trafen ein. Sie begannen ihren üblichen Motocrosskurs am Strand. Sie waren fair wie immer. Sie hielten mindestens zehn Zentimeter Sicherheitsabstand zu den

Köpfen der Paare und ihrer kleinen Kinder. Alles achtete gespannt auf die Hauptschikane, einen schmalen Paß drei oder vier Meter über dem Wasserspiegel.

Die passende Ergänzung nach oben waren die Düsenjäger, die auf ihren Aufklärungsflügen den Urlaubshimmel zerkratzten.

Ich hatte genug gesehen. Ich hatte Sonnenbrand auf den Augenlidern. Der Horizont färbte sich sonnenbrillenfarben. Jemand sagte: »Es gibt noch Gewitter.«

Alles stieg ungelenk in die Kleider. Die Decke wurde ausgeschüttelt. Sie war auf einmal so schwer. Verstört und müde wankte ich zum Wagen. Ich hörte auch nicht gut.

Bis zur Stadtgrenze ließ Weko Jürgen fahren. Jürgen hatte keinen Führerschein. Ich saß neben ihm, hilflos den Kräften von Motor und Bremse ausgeliefert. Wenn Jürgen schaltete, berührte seine Hand mein Knie.

•

Die nächsten Stunden verbrachte ich in meinem Zimmer. Ich fing an aufzuräumen. Mit Aufräumen konnte man immer nur anfangen.

Dabei fiel mir wieder Marions Brief in die Hände. Ich setzte mich auf den unbequemen Stuhl und legte die Beine auf den Bug des roten Schiffs. Ich sah durch ein Fenster in den schönen, verwilderten Garten. Wir durften ihn nicht betreten, was ziemlich typisch war, der schöne Garten direkt vor der Nase, und alles was man davon hatte war ihn anzugucken, bzw. noch die Insekten.

Ich las Marions Brief. Leider kann er hier nicht mitgeteilt werden, da er unter das Briefgeheimnis fällt. Mir fiel eine

Frage ein. Ich lief in Marions Zimmer, aber sie war nicht zuhause.

Ich lief in die Küche. Ursi saß auf dem Fensterbrett und nähte.

»Hast du Marion gesehen?«

»Ist bei Weko.«

»Ach so«, sagte ich lässig.

Daß mein Herz klopfte, sah man mir ja nicht an.

Ich ging zurück in mein halb aufgeräumtes Zimmer. Ich war müde, richtig ausgelaugt von der Sonne. Ich kletterte auf das Schiff und sank in das aufgeräumte Bett. Ich schlief ein. Ich träumte vom Bau des roten Schiffs.

Ich wachte auf, als die Kassette zuende war. Von draußen drang infernalischer Krach.

Deswegen war Musik so wichtig für mich. Musik war eine Art Stille, die man anknipsen konnte.

Ich hatte einen unförmigen Brummschädel. Die Zeit war reif für eine Mutprobe im Badezimmer. Der Boiler tat es schon seit Wochen nicht, aber ich versuchte es immer mal wieder, hätte ja sein können, daß er sich in der Zwischenzeit anders überlegt hatte. Das kam manchmal vor. Meistens dann, wenn er endlich repariert werden sollte. Man stand früh auf, zog den Blaumann an und fühlte sich großartig. Und dann funktionierte das Scheißding wieder.

Aber abgesehen davon überlebten wir seit Monaten mit kaltem Wasser. Wir lebten wie die Indianer, oder meinetwegen wie die Germanen. Der kaputte Boiler war unser privater Stromboykott. Warum sollten wir das Duschproblem in den Griff bekommen, wenn wir andere Probleme auch nicht in den

Griff bekamen, ich möchte mal wissen, was wir je in den Griff bekamen, außer vielleicht lange Briefe.

Ich duschte wie ein Germane. Ich ging in die Küche. Die Küche war noch da. Ich zog das Telefon unter der Zeitungsdeponie hervor. Ich rief meinen Freund Sebastian an. Ich ging kurz in Jürgens Zimmer. Jürgen saß am Schreibtisch und fälschte Entschuldigungen. Wir redeten freundlich über unwichtige Dinge.

•

Linkisch stolperte ich durch den Sommer, eine Gefahr für die Bürger. Immer wich ich zur falschen Seite aus. Nie fand ich den Rhythmus der anderen Konsumenten. Verdammte gläserne Ladentüren, nie gingen sie zur richtigen Seite auf.

Die Bäckersfrau legte mir gleich das billige Vollkornbrot hin. Aber das wollte ich nicht. Ich wollte Kuchen für Sebastian. Entschlossen deutete ich auf das Aquarium voller Wespen.

Es kam mir vor, als wären die Menschenmassen magnetisch. Anders gepolt, wie ich war, blieb mir wohl nichts anderes übrig, als ihnen in großen Bögen auszuweichen.

Ich fühlte mich bedroht. Ich sah in ihre schrecklichen Alltagsgesichter und hatte Angst, mich optisch anzustecken. Ich war überzeugt, ihr Aussehen, ihre Haltung, ihr dumpfes Denken binnen kurzem übernehmen zu müssen. Nur die Gesellschaft vorgeblich Gleichgesinnter konnte mich retten.

Die Ausfallstraße war verstopft, und die Fahrer unterhielten sich mit dissonanten Hupkonzerten. Ich bin nicht wirklich dagegen zu arbeiten, aber was mich immer abgeschreckt hat, ist die Aussicht auf diese Art Feierabend.

•

Sebastian war zwei Jahre älter als ich. Ich war Student, er studierte. Er gehörte zu den höchstens zwei Leuten, die ich an der Universität kennengelernt hatte. Ich kannte viele Studenten, aber nicht aus der Universität. Sebastian widersprach Marion, als sie auf ihre übliche, anmaßende Weise Opposition machte. Dann meldeten wir uns zum selben Referatthema, Drogen und Literatur. Mich interessierte das Thema. Er schrieb ein Referat darüber.

Ich hielt Kontakt zu ihm, erstens weil er nett war, zweitens weil er sich die neuesten Platten kaufte, drittens weil er nicht dazugehörte. Das machte ihn so wertvoll. Sebastian konnte man die neuesten Intrigen erzählen, ohne sie damit weiterzuspinnen. Er hatte so eine angenehme, nüchtern kühle Art. Er bewunderte mein Engagement, aber er ließ sich nicht täuschen. Er hockte weit oben auf seinem Bücherberg und sah uns liebevoll und ein bißchen traurig zu.

Sebastians Bücherberg bestand aus zahlreichen, durch dünne Bretter beiläufig gegliederten Schichten. Das Fundament waren wissenschaftliche Werke. Frag Sebastian, es soll wissenschaftliche Werke geben, mit denen man was anfangen kann.

Man konnte sich durchaus bedroht davon fühlen. Wenn ich reinkam, flüchtete ich instinktiv zum Fenster. An die Fundamente wagte ich mich gar nicht erst ran. Ich nahm nur leichteres, von oben.

Sebastian erzählte mir von den Büchern, die er gerade las. Er las immer drei auf einmal. Er verglich sie mit anderen, älteren, von denen er meinte, daß ich sie kannte oder kennen sollte. Er hielt seinen Vortrag, und ab und zu griff er zielsicher hinter sich ins Regal. Zum Schluß stapelten sich 20, 30 Bücher auf der

Ecke seines selbstgebauten Schreibtisches. Die eine Hälfte räumte er gleich wieder ein, die andere mußte ich mitnehmen und lesen. Manchmal tat ich das sogar. Während unglücklicher Zeiten, also meistens, las ich abends im Bett. Vielleicht schlief ich davon so schlecht.

Dann spielte Sebastian mir Platten vor. Ich sagte, wie sie mir gefielen, Sebastian lachte gutmütig, und von denen, die mir nicht gefielen, versprach er mir Kassetten. Das war der Weg, auf dem sich ein Musikgeschmack verbreitete. Von Sebastian direkt zur politischen Avantgarde.

Sebastian fragte, wie es mir ging. »Oh, gut«, sagte ich. Sebastian fragte, ob ich Kaffee wollte. Sebastians Kaffee war gut. Vor allem war immer welcher da.

Sebastian schenkte eine dritte Tasse ein und brachte sie nach nebenan. Nebenan saß Claudia. Claudia war die, wegen der immer Kaffee da war. Ich packte den Bienenstich aus. »Du mußt aber nichts mitbringen!« rief Claudia durch die offene Tür.

Hier kam ich hin und hörte auf, mich verfolgt zu fühlen. Meine Kopfschmerzen gingen weg, ich war gelöster Stimmung, dann geradezu glänzender Laune. Wir machten Witze zu dritt.

Sebastian sagte: »Du hast Sonnenbrand auf der Nase.«

Ich fühlte nachdenklich dran.

Claudia kam rein und sagte: »Du hast andere Haare.«

Sebastian sagte: »Auf jeden Fall siehst du irgendwie anders aus.«

Claudia fing an zu kochen und fragte, ob ich mitessen wollte. Es gebe »nichts besonderes«, was mit Nudeln, aber nicht für Vegetarier. Natürlich wollte ich mitessen.

Wir saßen in der Küche, wo uns ein zweites Paar Boxen mit ausgesuchtem Krach unterhielt. Die Uhr zeigte acht. »Die Pflicht ruft«, sagte ich düster. Die Bücher ließ ich liegen.

•

Das war das eine, kurze Jahr, in dem alles passierte, was überhaupt passierte. Es gab Demonstrationen, Veranstaltungen, gesprengte Veranstaltungen, sogenannte phantasievolle Aktionen und die dazugehörigen Prozesse. Welche übrigens unsere Phantasie noch zwei weitere Jahre beschäftigen sollten.

Wir nannten uns die Randgruppe. Wir hatten dieses Mittwochstreffen, das war mein einziger fester Termin. Wir hatten einen Raum, beziehungsweise eigentlich war es der Raum einer ratlosen Hochschulgruppe, aber die konnten uns, beziehungsweise dem Genossen Weko, nichts abschlagen, gewaltlos wie sie nunmal waren.

Der Raum war klein, die Wände besprüht bzw. mit Plakaten zugehängt. Jedes Plakat erzählte eine Geschichte, und einige davon hätte man besser für sich behalten. Man lagerte auf Sperrmüllsesseln und alten Büroschreibtischen. Regierungsschreibtischen, wenn ich nicht irre. Alles war beschmiert mit Farbe, Dreck, Wein- und Kaffeerändern. Am Fenster klebte eine Original Anti-Atomkraftsonne, für die sich allerdings keiner mehr so richtig interessierte, und ein großer schwarzroter Stern, wahrscheinlich von Sankt Martin. Es war richtig gemütlich.

In der Ecke stand unsere Fahne. Sie war ziemlich bunt. Wir demonstrierten mit Vorliebe unter ziemlich bunten Fahnen. Und unleserlichen Transparenten.

Die Leute trudelten ein und suchten sich Plätze. In den

Ecken flammten Gespräche auf. Eins davon sollte zum Thema werden.

Weko kam rein und grüßte müde. Jürgen federte in die Raummitte, als wäre sie eine Bühne. Er lachte alle an und schwang sich neben mich auf den Tisch. Unsere Schultern stießen zusammen. Ich fragte: »Kommt Marion nicht? Wo ist Ursi?« Jürgen grinste sein Weltuntergangsgrinsen, und eigentlich wollte ich es auch gar nicht so genau wissen.

Weko fing an, nach Halbsätzen zu angeln. Er versuchte, einen Anfang zu machen, aber das ging schief. Er hätte sich wenigstens noch eine Viertelstunde eingewöhnen müssen. Selbst Weko konnte nicht einfach reinkommen und anfangen wollen, und dann auch noch mit solchen anstrengenden, unwitzigen Sachen.

Weko skizzierte einen neuen Plan. Es ging mal wieder um eine Kreuzungsblockade. Wir planten ständig Kreuzungsblokkaden. Sich über eine gemeinsame Richtung einig zu werden, wäre schwierig gewesen, aber Kreuzungen zu blockieren, dafür reichte es auf alle Fälle.

Jürgen forderte, die Aktion müßte »Spaß bringen«. Weko widersprach. Jürgen wurde ausfällig. Das Gespräch kam in Gang.

Weko, der wirklich keinen guten Tag zu haben schien, verwechselte seinen Kurs und sprach vom historisch-kritischen Materialismus. Jürgen erfand spontan den historisch-kritischen Sarkasmus.

»Zunächst künstlich eine möglichst schwachsinnige Bewegung ins Leben rufen«, sagte er, konzentriert wie ein kleiner Weko, »Flugblätter drucken, Parolen sprühen, Gerüchte streuen. TAZ-Redakteure mit Tips versorgen, provozieren, übertreiben, bluffen. Mit einem Wort: Das übliche. Die Mitläufermillion in Schwingung bringen. Skandale, Enthüllungen. Sinnlos blutige Widerstandsaktionen! Möglicherweise ein Märtyrer. Soweit alles wie gehabt.«

»Klasse«, sagte ich, und Weko war nicht mehr mein Freund.

»Doch dann gehen wir hin und sagen: Hihi Genossen, war alles nicht so gemeint.« Stille. »Der Lerneffekt wird ungeheuer sein.«

»Das ist entpolitisierend!« rief Weko. Womit er zweifellos recht hatte, Weko hatte immer recht, aber letztlich hat es ihm auch nichts genützt. »Du gehst doch bestimmt nicht hin und läßt den Ballon platzen. Es gibt doch immer einen, der sich an die Spitze setzt. Und das wirst höchstwahrscheinlich du sein. Ich kenne dich doch. Du bist doch nur antiautoritär, solange du unten bist!«

Jürgen gab das zu. Er gab ja immer alles zu. »Von mir droht keine Gefahr«, sagte er charmant. »Mir würde das viel zu schnell langweilig werden.«

»Aber anderen vielleicht nicht.«

»Schön, aber ich weiß ja immer, wie es angefangen hat.«

»Das glaubt dir dann aber keiner mehr.«

So ist es, dachte ich. Gesagt habe ich nichts, denn ich hatte keinen Redetag. Ich mochte mich nicht, wenn ich redete.

Jürgen verfolgte das Thema nicht weiter. Sein Beitrag hatte Aufsehen erregt, das reichte ihm. Eine Frau forderte Rauchverbot. Ein Raucher öffnete das Fenster. Leider war ab da überhaupt nichts mehr zu verstehen.

Ich fühlte mich ziemlich wohl an diesem Abend. Ich saß

neben Jürgen, träge an die beklebte Wand gelehnt. Wenn Jürgen sich hochrappelte, um Reden zu schwingen oder an den Tabak zu kommen, stützte er sich auf mein Knie oder meine Schulter.

Genau genommen war ich überhaupt nur wegen Jürgen in der Randgruppe, wegen Jürgen und anderen, einzelnen Leuten. Daß mir so ein Treffen von Anfang bis Ende und bezogen auf alle Teilnehmer gefiel, ist praktisch nicht vorgekommen. Immer gab es Leute, denen ich nicht vertraute, die ich unsympathisch fand. Solche Gefühle waren aber nicht erlaubt. Wer die richtigen Meinungen hatte, gehörte dazu, jedenfalls solange er die richtigen Meinungen hatte. Dummerweise waren die richtigen Meinungen aber kostenlos. Ich fand eher, es käme auf die Leute an. Eher auf die Leute, als auf die Meinungen, die kostenlos waren.

Ich hätte ja mal versuchen können, das zu »problematisieren«. Es wurde eigentlich oft genug »problematisiert«. Nur wurde dadurch nichts klarer. Es blieb verboten, jemanden nicht zu mögen. Man hatte sein Mißtrauen für sich zu behalten, mit anderen Worten, man blieb solange ein Herz und eine Seele, bis man sich eines schönen Tages gegenseitig als Spitzel entlarven konnte.

Was solls, das war nicht wichtig. Ich nahm es nicht wichtig. Ich wußte, weswegen ich da war, und solange war es in Ordnung für mich. Disziplin kannte ich nie, fast nie. Durchzuhalten war nie meine Stärke, aber dafür habe ich immer wieder von vorne angefangen.

Ich war auf Jürgens Seite, aber nicht weil er recht hatte, sondern weil er jung war. Er war frech, er war selbstironisch, er war lebendig, er war in Bewegung, und ich hatte ihn gern. Jemanden zu mögen war immer wichtiger, als seiner Meinung zu sein.

So kam es, daß Jürgen irgendwann ging, und daß ich mit ihm ging. Die anderen fanden uns arrogant. Das machte uns aber nichts.

Jürgen pinkelte neben die Tür. Dann schloß er sein schwarzes Fahrrad auf. Niemand hatte ein größeres Fahrradschloß als Jürgen.

•

Wir fuhren auf dem Rad durch die schwarze Nacht. Jürgen strampelte, ich saß auf dem Gepäckträger. Ich saß seitlich, die Beine nach links, die Füße Zentimeter über dem Pflaster. Es war eine besondere, kindliche Art, so transportiert zu werden. Ich hielt mich am Sattel fest; ich hätte mich auch an seiner Hüfte festhalten können. Jürgens Fahrrad war alt, und das Schutzblech schleifte über den Hinterreifen. Vor Bordsteinrändern und Steigungen sprang ich ab und rannte ein paar Meter nebenher. Ich sprang auch einmal ab, als ich einen verdächtigen Wagen sah.

Wir fuhren zum *Garten.* Sommers verdiente er seinen Namen, denn man konnte draußen sitzen. Ketten bunter Glühbirnen hingen von den klebrigen Linden und beschienen das Gewimmel zwischen Rückenschmerzenbänken und den Klapptischen zum Armaufstützen. Voll war es im Garten des *Garten* fast immer, aber Luft zum Atmen war ausreichend vorhanden. In dem Sommer gingen wir ganz gern in den *Garten*, was aber auch daran lag, daß wir nicht gern zuhause blieben.

Wir kletterten über die Einfassungsmauer. Wir hätten auch das Tor nehmen können. Wir stiegen über eine Bank in das offene Fenster. Ich trat einem flüchtig bekannten Studenten gegen die Schulter. Nichtgrüßer verdienten keine Entschuldigung. Oben sahen wir uns in den fast leeren Räumen um. Sogar der Billardtisch war frei.

Wir stellten uns in die offene Tür und sahen von der Außentreppe hinunter auf das Volk. Freunde von uns waren nicht da, kein Wunder, die saßen noch in der Randgruppe und diskutierten unsere Unverschämtheit. Jürgen fragte, ob ich was trinken wollte. Ich hatte keinen Durst.

Jürgen ging rein. Ich lehnte am Eingang und verschränkte abweisend die Arme. Ich beobachtete niemanden, ich kam mir selbst beobachtet vor.

Wir suchten uns einen Stehplatz an der Mauer. Jürgen ließ mich sein Bierglas halten, während er sich eine Zigarette drehte. Ich nahm einen Schluck.

Das Vergnügen, an diesem Ort zu sein, bestand ausschließlich darin, den deutlichen Unterschied zwischen uns und den anderen zu spüren. Arm in Arm schritten wir durch die Menge, wir führten das vor, aber hat das überhaupt einer mitbekommen?

»Was nun?« fragte Jürgen draußen, und ehe ich eine Antwort wußte, hatte er selbst eine: »Bekannte von mir machen eine Fete, im Steinbruch. Wie spät ist es?« Er wußte, daß ich keine Uhr trug. Niemand von uns trug eine Uhr. Wenn man nicht wußte, wie spät es war, konnte man immer noch einen Erwachsenen fragen.

•

Jürgen ließ sein Fahrrad stehen. Zum Steinbruch ging es den Weg hoch, da hätte er sowieso schieben müssen. Die Luft war besser da oben, und ich bekam sofort Seitenstiche. Vom Laufen davor nicht, aber den Berg hochzugehen, war zuviel für mich. Ich sagte, ich müßte wohl wieder mit Sport anfangen. Wir unterhielten uns über Sport.

Wir zeigten uns Häuser, in die wir »notfalls« einziehen würden. Auf dem Berg, das war ein Reichenviertel, so reich, daß sie es nichtmal nötig hatten, die Straße zu erneuern. Sie nahmen sie als Teststrecke, für ihre Allradjeeps. Jürgen meinte, er hätte nichts dagegen, reich zu werden, »später« natürlich erst.

Wir hörten einen Vogel singen. Wir stritten, was es für einer war. Ich war für Amsel, er war für Nachtigall. Nachtigall war Quatsch. Eine Nachtigall war das bestimmt nicht.

Und plötzlich war da dieser Zeitsprung. Plötzlich hatte ich das Gefühl, ich würde in ein früheres Jahrhundert spazieren. Oder in ein späteres, aber das war nicht so sicher. Immer, wenn es plötzlich still wurde, fühlte ich mich so. Kurz darauf kamen wir an den in gleißendes Flutlicht getauchten Kasernenhöfen vorbei.

Der Weg wurde weicher. Die letzten Häuser versanken. Hecken und Baumgruppen näherten sich zögernd dem Weg. Die Abstände zwischen den Lichtflecken vergrößerten sich. Es roch nach Wald. Ein Wald, in dem das Licht an war.

Schließlich kamen wir zum Wasserturm. Das war die höchste Stelle der Stadt, ein bunkerähnlicher Bau auf dem Gipfel eines sogenannten Berges. Es war verboten, aber kein Problem, ihn zu erklettern.

Klein und verträumt wirkte die Stadt von oben, wie eine

beleuchtete Modelleisenbahn, vielleicht schwierig zusammenzubauen, aber jedenfalls im Bereich dessen liegend, was man mit Konzentration und Mittlerer Reife bewältigen konnte.

»Der Sternenhimmel fehlt«, beschwerte sich Jürgen.

»Das liegt an den Wolken. Und am Smog natürlich.« –

»Nachts gibt es keine Wolken!«

»Natürlich gibt es nachts Wolken. Wie sollte es sonst regnen?«

»Regen wäre geil«, sagte Jürgen. Und etwas später: »Hier möchte ich stehen, wenn die Welt untergeht.«

•

Der Steinbruch sah aus wie eine Freilichtbühne. Drumherum anheimelnde Wildnis: Sandberge, zerfahrene Wege, Baumstümpfe, Reste von Hecken und Kleingärten. Das Gebiet war ziemlich groß und unübersichtlich, zumal im Dunkeln und für einen wie mich, der sich sowieso kaum auskannte.

Jürgen ging vor. Einmal sah ich, wie sich einen Fußbreit neben uns die Schlucht auftat. Viel gab es sonst nicht zu sehen. Straßenlicht war dort nicht. Manche Steine hatten einen eigenartigen Schimmer.

»Was sind denn das für Leute, die die Fete machen?« fragte ich nach vorne. Es war bedrohlich still geworden, denn der Berg schnitt alles ab, was von der Stadt kam. »Bekannte von mir«, murmelte Jürgen, »andere Kreise.«

Kurz darauf hörten wir einen schwachen Fetzen Musik herüberwehen. Jürgen lauschte und meinte, das könnten sie sein. Sekunden später hatten wir die Spur wieder verloren. Ein Feuer hatten wir auch nicht gesehen. Jürgen meinte, da müßte auf jeden Fall ein Feuer sein.

Wir suchten einen Großteil des Geländes ab und gingen schließlich zurück zum Wasserturm. Ich fand es beruhigend zu wissen, wo wir waren. Jürgen wollte nochmal hoch, um nach dem Feuer zu spähen. Ich war es müde. Ich hatte sowieso nur Lust gehabt, etwas mit Jürgen zu unternehmen. Jürgens andere Kreise interessierten mich nicht.

Jürgen gab mir den Fahrradschlüssel. Er fand es besser, sein Fahrrad nicht allzu lange vor dem *Garten* auszustellen. Wir verabredeten uns für später, im *Tunnel*. Jürgen ging zurück in die Dunkelheit, und ich ging dahin, wo die Lichter waren.

•

Ich wußte nicht, wie spät es war, ich dachte nicht, daß es so spät war, jedenfalls als ich bei Gerlinde schellte und sie empört fragte, ob ich wüßte, wie spät es sei, konnte ich ohne zu lügen nein sagen.

Gerlinde wohnte zuhause, das heißt bei ihren Eltern, die schliefen oder aufzuwachen drohten, jedenfalls war die Tochter nervös, wenn sie so spät noch Besuch bekam.

Ich wurde gleich in die Küche verbannt. Gerlindes Zimmer war oben, gleich neben dem Elternschlafzimmer. Die Küche schien neutraler.

»Wie gehts?« fragte ich intelligent, von Küchenstuhl zu Küchenstuhl.

»Es geht.«

»Ich war gerade in der Nähe und wollte mal gucken, wie es geht.«

»Es geht. Es geht ganz gut.«

Ich sagte, das fände ich schön. Schweigen.

Ich betrachtete die Küche. Sie sah aus wie alle Küchen.

Eigentlich auch wie letztes Mal. Gerlinde fragte, ob ich Tee wollte. Ich wollte lieber Kaffee, ich bestand darauf, und schließlich bereitete sie ihn stirnrunzelnd. Die Kaffeemaschine knatterte ruhestörend.

»Was macht die Politik?« fragte Gerlinde angestrengt.

»Es geht. Was macht die Uni?«

»Geht so. Vor allem Arbeit.«

Ich wußte, das war ernst gemeint. Gerlinde meinte alles ernst.

Ich trank meinen Kaffee. Er schmeckte wie eine Ohrfeige. Gerlinde trank irgendwas gesundes. Sie fragte fürsorglich, ob ich Hunger hätte. Sie meinte, wir könnten vielleicht doch nach oben gehen, wenn wir leise wären.

Gerlindes Mädchenzimmer mit holzgetäfelten Schrägen, den mehr oder weniger üblichen Regalen und dazwischen Schilftapete. An zentraler Stelle hing das Indianerfoto mit der Weissagung, die wir alle auswendig kennen. Drumherum weitere Fotos, die irgendwer gemacht hatte, und ein paar schon ältere Zeichnungen von ihr selber. Denn will nicht jede Abiturientin freie Künstlerin werden, dachte ich, wenn nicht an diesem so an einem früheren Abend. Wollen die nicht alle Malerinnen werden, so wie unsereins Comiczeichner oder Rockgitarrist? Und letztlich werden sie doch alle nur Musiklehrer oder Schmuckdesignerin, und nur wer den größten Trotz hat... ja was: Fällt richtig auf die Nase? Was will ich eigentlich beweisen, dachte ich müde. Und dann noch: Habe ich mir vielleicht aus Faulheit das schwierigste Fach ausgesucht?

Ich setzte mich auf eine Ecke des häßlichen Sofas. Gerlinde fragte, was ich für Musik hören wollte. Diplomatisch erinnerte ich an die nebenan ruhenden Eltern. Sie sagte, sie würde es leise stellen. Sie setzte sich neben mich auf das häßliche Sofa. Wir berührten uns nicht.

Gerlinde fragte:

»Und was machst du so, den ganzen Tag?«

»Nichts.« Ich stand auf und fing an, im Raum herumzuwandern. Ich schielte nach den Buchrücken in den Regalen.

»Ich könnte so nicht leben«, sagte Gerlinde.

»Gar nicht schwer. Nur das Einkaufen ist mühsam. Und ab und zu zum Waschsalon zu gehen.«

Gerlinde sah mich böse an.

»Jetzt im Sommer geht es«, sagte ich nach einer Pause. »Ich meine, man braucht nicht soviel.«

Gerlinde sagte, so hätte sie es nicht gemeint. Ich wußte Bescheid. Sowieso hatten wir diese Unterhaltung schon öfter geübt. Manchmal hielt ich ihr Reden, verteidigte in großen Worten meinen heroischen Lebensentwurf. Wenn es Schwierigkeiten gab, sprach ich von den Tücken eines Selbstversuchs. Gerlinde war immer in der Defensive. Sie wohnte bei ihren Eltern und studierte. Ich wohnte nicht bei meinen Eltern. Ich war zwar auch Student, aber das war mehr oder weniger Alibi. Ich hatte nichtmal ein schlechtes Gewissen. Ich fühlte mich nur manchmal beschissen, wenn nichts passierte und es nicht vorwärtsging. In solchen Situationen war es wichtig, Gerlinde zu kennen und sich überlegen zu fühlen.

Als die ziemlich schreckliche Musik zuende war, holte ich mir die dekorative Gitarre.

»Laß das«, sagte Gerlinde, »du weckst meine Eltern auf.«

»Sie müßte mal gestimmt werden.«

»Das können auch andere!«

Das kam nämlich auch noch dazu. Vor langer Zeit hatte ich mich mal halbherzig um sie bemüht. War es nicht so, sie war die erste Frau im Einführungsseminar, deren Namen ich mir hatte merken können?

Ergeben hatte sich jedenfalls nie etwas, doch dürfte es kaum an ihrem Widerstand gelegen habe. Ich besuchte sie noch ab und zu. Ich wußte nicht, was ich wollte. Ich wollte eigentlich nichts. Kein Wunder eigentlich, daß sie allmählich sauer auf mich wurde. Sie belauerte mich, sie sog begierig Informationen ein und belächelte oder verdammte das Bild, das sie aus ihnen zusammensetzte. Ich war meistens amüsiert, wer sieht nicht gern in einen zerrenden Spiegel? Und obwohl ich wußte, daß es ein bißchen krank war, ging ich immer wieder hin.

Aber an diesem Abend war ich schlecht in Form. Als ich aufstand, wurde mir plötzlich schwindelig. Es war ein schwarzer Schmerz im Kopf, und ich machte eine unwillkürliche, kindliche Handbewegung dahin.

»Was ist?« fragte Gerlinde. »Bist du müde?« Sie hockte auf dem häßlichen Sofa wie eine schwarze Spinne. Ja, sagte ich, ich wäre wohl müde. Dann fragte ich langsam, wo das Klo war. Ich sagte Klo, nicht Toilette, obwohl ich natürlich wußte, daß es in diesem Haus nur Toiletten gab. Gerlinde beschrieb mir den Weg nach unten. Oben gab es auch eine Toilette, aber wir beide wußten, was sonst noch oben war.

Ich hatte Schwierigkeiten, den Lichtschalter zu finden. Ich stand vor dem Becken und überlegte. Dann kotzte ich dreimal. Ich hatte keine Alternative, als mich festzuhalten und es über mich ergehen zu lassen. Vor der letzten Runde, der grünen, betätigte ich die Spülung. Ich drückte meine Stirn gegen das kalte Porzellan. Ich war durch und durch schwach.

Später besah ich mich im Spiegel. Mein Gesicht war ganz weiß, bis auf den einsamen, roten Fleck an der Stirn. Zusammen mit dem wirren, feuchten Haar gab mir das ein durchgeistigtes Aussehen. Ich wusch mir den Mund aus. Ich säuberte das Becken, soweit es mir nötig erschien, und spülte nochmal.

Ich hatte nur den einen Wunsch, ich wollte nicht ihren beschlafanzugten Eltern begegnen. An sich hatte Gerlinde ganz nette Eltern. Aber selbst nette Eltern werden komisch, wenn sie in Schlafanzügen sind. Sehnsüchtig starrte ich den Haustürgriff an.

Ich kletterte nach oben. Das Licht war aus, und ich vertraute dem Tastsinn im Schienenbein. Ich öffnete die richtige Tür, und das grelle Licht stach in meine Augen wie der Morgengruß einer Krankenschwester.

Gerlinde stand da mit einem weißen Laken in der Hand. Sie sah ganz sachlich aus. Das häßliche Sofa hatte sich in eine breite Matratze verwandelt.

»Was machst du da?« fragte ich dumm.

»Es ist mir egal, was meine Eltern denken.«

»Ich will gehen.«

An der Haustür drückte sie mir einen flüchtigen Kuß auf die Wange. Das war lieb. Ich meine, das war genau das richtige. Gerlinde fragte noch:

»Seit wann hast du ein Fahrrad?«

»Nur geliehen«, murmelte ich.

»Komm mal wieder vorbei.«

Sie nannte keine Uhrzeit. Ich versprach, mich zu melden.

Ich fuhr in die laue Nacht, und als ich an der Ecke über die Schulter blickte, war die Tür schon zu.

•

Jürgen und ich standen auf der Bühne im *Tunnel* und sahen hinunter auf das Volk. Die Masse tanzte, und wir dort oben machten auch ein paar Schritte. In den Pausen, und während langsamerer Lieder, sprachen wir über die Musik. Auf der Bühne war es etwas leiser als unten. Jürgen ließ sich einen Refrain übersetzen. Er war enttäuscht. Es war leichter, sich mit einem Refrain zu identifizieren, den man nicht verstand.

Jemand kam die seitliche Treppe hoch. Wir blickten ungehalten, aber dann war es Ursi, die durfte. Sie lächelte uns an, schelmisch, Mitwisserin, etwas in der Art. Ihre historische Botschaft war, daß die Randgruppe sich aufgelöst hatte. Jürgen fragte wieso, und ich wollte wissen, woher sie das wußte. Das war einfach, sie war später gekommen. »Es sind andauernd neue Leute gekommen, und andere sind früher abgehauen.« Jürgen und ich sahen uns schuldbewußt an.

Es hatte Streit gegeben, neuen, großen Streit, Weko dies, Weko das, Disziplin und Anti-Autorität ... Schließlich hatte man sich überraschend geeinigt, das Mittwochstreffen aufzugeben. Es sollte erst wieder eins geben, wenn es wieder »einen konkreten Anlaß« gab. Einige wollten zusammen in Urlaub fahren.

Jürgen meinte, das klänge alles ziemlich vernünftig. Ursi zuckte die Schultern. Jürgen schrie: »Es bewegt sich doch was!« Also hielt er es für einen Erfolg. Ursi hielt es für eine Katastrophe. Ich hielt es für eine Abwechslung.

Ursi ging tanzen. Jürgen fing wieder von seinem historisch-kritischen Sarkasmus an. Er meinte:

»Du und ich, wir könnten noch einiges in Bewegung setzen.«

»Ja.«

»Ja?« Er sah mich freudig an.

»Nein«, sagte ich sofort.

Er schüttelte zweifelnd den Kopf.

»Ich will nichts in Bewegung setzen«, sagte ich.

»Was willst du denn?«

Wir gingen zur Kaffeebar. Mitten in Lärm und Gedränge hob ich abwehrend die Hände. Dann fiel zweimal kurz hintereinander der Strom aus. Das Publikum johlte. Da und dort flammten Feuerzeuge auf, wie auf dem Höhepunkt eines Konzerts.

Ich fand es interessant, so ohne Lärm und Licht. Fast hätte man sich unterhalten können. Man müßte Tage ohne Musik veranstalten, dachte ich. Wahrscheinlich würde keiner kommen, aber vielleicht würden sie doch alle kommen, wer weiß. Ich fragte Jürgen nach der Steinbruch-Fete. Er sagte, da wäre nichts los gewesen.

Als der Kurzschluß behoben war, verschärfte sich die Musik. Komisch, sie spielten Sebastians Platten. Und alles strömte auf die Tanzfläche. Die Musik war gut, euphorisch gut, die Leute waren gut. Wer störte, war während des Stromausfalls gegangen. Man tanzt immer mit allen, schon ein Falscher kann alles kaputt machen.

Zwischendurch machte ich Jürgen so eine Art Liebeserklärung. Zitierfähiges, Zusammenhängendes kam nicht zustande. Aber ich verwendete die Vokabel. Ich nahm sie in meinen Wortschatz auf. Ich sagte: »Ich will werden wie du.« Ich wußte, was das bedeutete. Ich wußte genau, daß Jürgen Fehler hatte, aber das war mir egal. Ich sagte: »Ich kann es schaffen, wenn du bei mir bleibst.« Ich wollte ihn in die Arme schließen und alles mögliche mit ihm machen. Ich sprach nicht von Politik.

Das ganze zu einer lautstarken, phantastischen Musik, die unmittelbar über unseren Köpfen aus den riesigen Boxen dröhnte. Ich gab mir keine Mühe, sie zu übertönen. Ich sprach nichtmal in Jürgens Richtung, ich sagte es einfach, Jürgen konnte es vielleicht nicht verstehen, und er sollte es vielleicht auch nicht verstehen. Ich redete in die Luft, Jürgen tanzte athletisch, ab und zu schlang er seinen Arm um meine müde werdenden Schultern und eckte hart gegen meine Seite. Ich versuchte, seinen Schritten zu folgen.

Ich wollte gar nicht wissen, was Jürgen wußte, er brauchte nicht zu antworten, und das war alles ganz in Ordnung so. Ich war jenseits der Müdigkeit. Ich zog sogar meine Jacke aus.

Was soll ich noch sagen, die Glaskugel drehte sich, Sterne strahlten am Himmel, und echte, lebende Lichtflecken krabbelten über den Boden. Feierliche, euphorische Weltuntergangsmusik. Wen möchtest du dabei haben, wenn du zum Wasserturm gehst? Ich hob ab und sagte zu allem ja.

Und plötzlich blieb ich stehen. Plötzlich hatte ich eine Sehnsucht, draußen zu sein. Ich zog meine Jacke wieder an. Jürgen tanzte und sah mir unverwandt in die Augen. Dann blieb er stehen und grinste. Er faßte meine Schultern und küßte mich auf den Mund. »Komm gut nachhause«, flüsterte er und schlug mir zärtlich den Kragen hoch.

•

Man kriegte kaum die Tür auf. Die Außentreppe war voller Menschen, sie drängten sich schaudernd zusammen. Es regnete, es hatte endlich angefangen zu regnen. Ein kühler Geruch wehte mich an. Ich hörte Stimmen, die über das Wetter redeten, und von hinten die traurig gedämpfte, wirkungslose Musik.

Ich faßte mit der Hand die Kragenenden, zögerte nochmal kurz am Rand des Daches, dann sprang ich hinaus ins nasse Freie. Ich rannte über den Parkplatz, aber spätestens an der kleinen Einfassungsmauer wurde mir klar, daß ich sowieso schon naßgeregnet war.

Ich ging nachhause. Ich versuchte nicht mehr, mich vor dem Regen zu schützen. Ich hörte das Prasseln des Regens auf den Autodächern und lachte vor Glück. Das Lieblingsgeräusch aus meiner Kinderzeit, das Trommeln des Sommerregens auf dem Wellblechdach vor dem offenen Fenster, ich hatte es wiedergefunden. Jetzt ist die Gegenwart, dachte ich. Jetzt ist die Zeit, von der ich immer geträumt habe.

Die Stadt fing an zu leben. Die Luft ließ sich atmen. Ich watete durch die schwarzen, warmen Pfützen. Niemand war auf der Straße, nur ich und die geparkten Autos. Und ich störte nicht. Ich hörte ein Fallrohr rauschen und die unterirdischen Kanäle gurgeln.

Wir leben doch im richtigen Jahrhundert, dachte ich. Wir haben recht, und die haben unrecht. Wir werden durchkommen, und die werden nicht durchkommen. Denn wir sind ihre einzige Chance. Nicht wahr, Mond?

Doch der Mond hielt sich bedeckt. Und der Wagen einer britischen Militärstreife schob sich mit seinen gelben Lichtern durch die Fußgängerzone. Und ich dachte, ich muß es festhalten, wie es ist. Aber ich wußte nicht wie.

Von Andreas Mand ist im MaroVerlag erschienen:

Grovers Erfindung (1990)
Grover am See (1992)

Weitere Veröffentlichungen:
Haut ab (Hamburg 1982, vergriffen)
Innere Unruheen (Hamburg 1984, vergriffen)
Der Traum des Konditors (Berlin 1992)
Peng. (Stuttgart 1994)